Lara Moon

Tod in St. Nikolaus
Tante Henni ermittelt

AF211567

Lara Moon

Tod
in St. Nikolaus

Tante Henni ermittelt

II

Impressum

Bibliografische Information der
Deutschen Nationalbibliothek:
Die Deutsche Nationalbibliothek verzeichnet diese
Publikation in der Deutschen Nationalbibliografie;
detaillierte bibliografische Daten sind im Internet
über http://dnb.dnb.de abrufbar.

Covergestaltung mit Vorlagen von freepik/

kjpargeter / tohamina /macrovector / rawpixel.com/
Racool_studio

Verlag:
BoD · Books on Demand GmbH, Überseering 33,
22297 Hamburg, bod@bod.de
Druck:
Libri Plureos GmbH, Friedensallee 273, 22763 Hamburg

ISBN: 978-3-8192-7885-3

🐈 Kapitel 1

Vergnügt vor sich hin singend packte Henriette zwei bunt bedruckte Baumwolltaschen in ihren Weidenkorb.

Dabei wurde sie permanent von vier skeptisch auf sie blickende Augen verfolgt. Diese Augen gehörten zu ihren zwei Mitbewohnern, einer grau-weiß getigerten Katze namens Mrs. Hudson und einem meist eher griesgrämigen, schwarzen Kater namens Mycroft, die Henrietts Gesangstalent anscheinend beide nicht wirklich zu würdigen wussten. Die Namen waren Henriettes Familiengeschichte geschuldet, in der es hieß, dass ihre Ururoma Hertha eine heiße Affaire mit Sir Arthur Conan Doyle gehabt haben soll ... eine Affaire mit Folgen ...

Es war der zweite Samstag im Monat und damit Markttag in Kirchhausen und Henriette liebte den Markttag. Für sie gab es nichts Schöneres, als sich gemütlich von Stand zu Stand treiben zu lassen, zu riechen, zu schmecken und zu fühlen, was auch immer die verschiedensten Händler ihr anboten. Ihrer Meinung nach gab es nirgendwo auf der Welt ein besseres Dunkelmalzbrot, als am Stand der Klosterbäckerei aus Ebeling. Dazu etwas Butter von der Käserei Neuschmied ... Allein beim Gedanken daran lief Henriette das Wasser im

Mund zusammen. Außerdem freute sich Henriette auf einen Besuch bei ihrer Freundin Trudi, Inhaberin vom Café *Trudis TörtchenTraum*, die Henriette eine *tolle Neuigkeit* angekündigt hatte, die sie den Kirchhausenern an diesem Markttag das erste Mal präsentieren wollte.

Ein letzter Blick in ihren Garderobenspiegel bestätigte Henriette, was sie eh wusste: Auch an diesem Morgen machten ihre kurzen, grauen Haare, was sie wollten. Seit Jahren hoffte sie eines Tages auf ein Haarpflegeprodukt zu stoßen, das diesen widerspenstigen Schopf in eine glänzende Hollywood-Mähne verwandeln konnte. Sie lächelte ihrem Spiegelbild entgegen, zwinkerte sich selbst zu und verließ summend das Haus.

Eine knappe Stunde später staunte Henriette nicht schlecht, als sie voll bepackt mit frischem Obst und Gemüse, einem Dunkelmalzbrot, Butter und einer neuen Ziegenkäsespezialität - Ziegenkäse mit Lavendelhonig - sah, was Trudis *tolle Neuigkeit* war.

„Du meine Güte! Was um alles in der Welt hast du dir denn da angeschafft?", Henriette machte große Augen, während sie ihre Freundin umarmte und auf einen grellen, hellblau-rosa gestreiften Eiswagen blickte.

„Toll, oder?", Trudi strahlte über das ganze Gesicht.

„Ja, toll", stotterte Henriette etwas verwirrt. „Vielleicht ein wenig grell …"

„Ach i wo! So ein Wagen muss doch auffallen. Pass mal auf", mit geradezu kindlicher Freude zog Trudi an einer vom Markisendach hängenden Kordel und augenblicklich ertönte die Melodie von Conny Froboess Hit: *Zwei kleine Italiener*. „Ist das nicht wundervoll?"

„Doch … sicher. Ganz wundervoll". Henriette kannte Trudi lange genug, um zu wissen, dass sie das genauso meinte. Ihre Vorliebe für die 50er und 60er Jahre und alles Schrille und Auffällige war nicht nur allseits bekannt, sondern zeigte sich auch in allem, was Trudi tat.

„Aber wieso hast du jetzt einen Eiswagen? Hast du mir nicht mal gesagt, dass sich der Verkauf von Eis nicht lohnen würde, weil eh alle ihr Eis bei Gino kaufen würden?"

„Das stimmte ja auch. Bis jetzt."

„Das verstehe ich nicht. Was hat sich geändert?" Henriette wirkte ziemlich verdutzt. Alle wussten, dass es Weit und Breit kein besseres Eis gab, als bei Gino. Der schwor auf die uralten, traditionellen Rezepte seiner *nonna* und in ganz Kirchhausen und Umgebung hatte sich bisher niemand getraut Gino Konkurrenz zu machen. Einfach weil es sinnlos gewesen wäre.

„Gino geht sozusagen in Rente", verkündigte Trudi strahlend. Mittlerweile hatte sich eine kleine Schlange hinter Henriette gebildet, die Trudi

9

freundlich und routiniert bediente, während sie Henriette weiter berichtete. „Er wird seinen Eis-Kiosk hier für immer schließen."

„Gino gibt seinen Eis-Kiosk auf und geht in Rente? Ich habe neulich zwar gesehen, dass der Kiosk zu war, aber ich dachte, er macht seine typischen zwei Wochen Ferien." Henriette staunte nicht schlecht. Sie konnte sich den quirligen Gino beim besten Willen nicht als Rentner vorstellen, der in einem Lehnsessel saß und den lieben Gott einen guten Mann sein ließ. Gino war ein Mensch, der irgendwie immer beschäftigt war, immer in Bewegung. Ruhestand passte so gar nicht zu ihm. Henriette schüttelte ungläubig den Kopf.

„Naja, ich schätze mal, so richtig in Rente wird er wohl nicht gehen", Trudi lachte, „Gino hat beschlossen seinen Lebensabend auf Madeira zu verbringen." Strahlend überreichte sie einem wartenden Kind eine Kugel *Fragola*.

„Madeira? Was will Gino denn in Portugal? Hat er nicht immer erzählt, dass er eines Tages gerne zurück nach Sizilien ziehen würde?"

„Anscheinend hat er seine Meinung geändert. Wenn man bedenkt, dass Madeira eine der geringsten Kriminalitätsraten in ganz Europa hat, ist das nicht unbedingt die schlechteste Entscheidung, und das Wetter ist sicher auch angenehmer als auf Sizilien. Nie wirklich kalt und gleichzeitig selbst im Sommer nicht wirklich heiß. Gute Argumente für Madeira und gegen die sizilianische Heimat", grinste Trudi und zuckte mit den Schultern. „Jedenfalls kam er vor zwei Wochen zu mir ins Café und hat mich gefragt, ob ich seine Eisrezepte übernehmen wolle."

„Die angeblich so streng geheimen Familienrezepte seiner *nonna?*" Henriette konnte kaum glauben, was sie da hörte.

„Jep! Die streng geheimen Rezepte. Gino ist sich sicher, dass er nicht nach Kirchhausen zurückkommen wird. Deswegen hat er mir gezeigt, wie man sein original *Gino-Eis* herstellt, damit, ich zitiere: „Deutschland nicht ohne das beste Eis der Welt auskommen muss". Nicht ganz so sicher ist er sich allerdings, ob er nicht doch eines Tages einen neuen Eis-Kiosk in Funchal eröffnen will", Trudi grinste, „Ich persönlich schätze ja, dass der gute Gino es genau zwei oder drei Wochen ohne Eisverkauf auf Madeira aushält. Dann dürfte er die Insel ausreichend erkundet haben und ich bin mir sicher, dass er sich dann recht schnell langweilen wird. Gino ist doch gar nicht der Typ, der irgendwo in der Sonne liegt, schwarzen Degenfisch mit Bananen isst, und das war es dann … "

„Nein, so ist Gino sicher nicht." Henriette stimmte Trudi nickend zu.

„Vielleicht wird er ja auch ein Carreiro."

„Sind das nicht die Männer, die diese traditionellen Korbschlitten in irrsinniger Geschwindigkeit den Berg von Monte nach Funchal herunterschieben?"

„Genau", Trudi grinste verzückt.

Kurz runzelte Henriette ihre Stirn, dann schüttelte sie vehement den Kopf. „Dir würde so eine wilde Fahrt wohl auch noch gefallen?"

„Auf jeden Fall! Dir etwa nicht?"

„Sicher nicht! Ich bin doch nicht lebensmüde. Ich habe mal gelesen, dass diese Schlitten bis zu 40km/h erreichen!"

„Und ich habe gehört, dass sogar Sisi schon mit so einem *Carro de Cesto* gefahren sein soll, als sie einst auf Madeira war", konterte Trudi.

„Na da bin ich jetzt aber froh, dass ich keine Kaiserin bin … Jedenfalls gratuliere ich dir zu deiner Sortimentserweiterung."

„Danke", Trudi lächelte und deutete einen leichten Knicks an. Anscheinend war sie in Gedanken noch bei der Korbschlittenfahrt der Kaiserin.

„Aber wenn Gino dir die Rezepte überlassen hat, wird der Eis-Kiosk ja sicher kein Eis-Kiosk bleiben, oder?"

„So weit ich weiß, hat Gino den Kiosk an einen jungen Mann verkauft, der dort jetzt Döner, Falafel und sowas verkaufen will."

„Ein Döner-Imbiss? Hier in Kirchhausen?", Henriette schien zu zweifeln, ob das eine gute Idee sein konnte.

„Warum nicht? Ich bin mir ziemlich sicher, dass das ein Erfolg werden kann, wenn der neue Besitzer sich hier einleben kann ... und natürlich muss die Qualität des Essens stimmen." Trudi schien tatsächlich überzeugt davon zu sein, dass man in Kirchhausen Döner und andere türkische Leckereien erfolgreich verkaufen konnte.

„Denk doch alleine mal an die ganzen Schüler. Fast alle kommen auf ihrem Nachhauseweg durch die Bahnhofstraße. Und wenn Kids irgendetwas lieben, dann ja wohl Döner."

„Da hatte Trudi natürlich Recht", dachte Henriette. Döner war gerade bei der jüngeren Generation extrem beliebt. „Wann wird Gino denn abreisen?", fragte Henriette.

„So weit ich weiß, ist er bereits gestern nach Sizilien gereist", antwortete Trudi, während sie gleichzeitig einen weiteren Kunden mit ihrem Eis beglückte. „Er wollte noch seine Tanten und Cousins und Cousinen besuchen – wie jedes Jahr - und dann von Sizilien direkt nach Madeira fliegen."

„Das heißt, er ist einfach so weg? Für immer, und hat keinem etwas gesagt? Oder habe ich nur mal wieder nichts mitbekommen?" Henriette konnte kaum glauben, dass Gino ohne großes Trara weggefahren sein sollte. Immerhin war er in fast jedem Verein oder Komitee engagiert gewesen und liebte eigentlich Partys jeglicher Art.

„Das hat mich auch gewundert. Er hat mir erklärt, dass er zwar noch nie eine Party ausgelassen habe und das auch in Zukunft nicht vorhabe, aber ein Abschied für immer sei eben doch etwas anderes. Wenn du mich fragst, hatte er

13

Angst vor all seinen Freunden und Bekannten die Fassung zu verlieren und am Ende vielleicht sogar ein Tränchen vergießen zu müssen."

„Das kann gut sein. Auswandern ist eben doch etwas anderes, als für ein paar Wochen in den Urlaub zu fahren. Na dann bin ich ja mal gespannt auf den neuen Kiosk Besitzer und seine türkischen Spezialitäten. Weißt du, wann er eröffnen will?"

„Nicht genau. Gino meinte, dass sein Nachfolger den Laden natürlich umbauen müsse, aber zuversichtlich sei, das in ein paar Tagen erledigen zu können."

„In ein paar Tagen?", Henriette klang verdutzt. „Kann man das denn wirklich schaffen?"

„Warum nicht. Im Grunde müssen ja nur die elektrischen Geräte ausgetauscht werden."

„Hm, schätze ich werde dann die Tage mal in der Bahnhofstraße vorbeischauen und mir einen - hoffentlich - extrem leckeren Döner gönnen." Henriette leckte sich über ihre Lippen, denn auch wenn sie sich im Großen und Ganzen am liebsten biologisch gesund ernährte, hatte sie hin und wieder durchaus auch Lust auf einen saftigen Burger oder schöne krosse Fritten mit Ketshup und Majo.

„Prima Idee. Komm doch dann vorher bei mir vorbei, dann kann ich dich begleiten und wir können unseren *Neuzugang* gemeinsam ganz herzlich Willkommen heißen", Trudi zwinkerte Henriette verschwörerisch zu.

„Du willst doch nur so schnell wie möglich wissen, ob er aussieht wie der junge Elvis", Henriette schaute Trudi verschwörerisch zwinkert an.

„Das wäre dann in der Tat ein echter Hauptgewinn für Kirchhausen ..."

Als Henriette kurz darauf ihr quietschendes Gartentor durchschritt, saß Munin, der Rabe, den Henriette einst gesund gepflegt hatte, als dieser sich ein Bein gebrochen hatte, auf einem Bohnenspalier und begrüßte sie lautstark.

„Munin, mein Freund. Wenn ich es nicht besser wüsste, würde ich glatt denken, dass du dich freust, mich zu sehen. Aber ich fürchte, du erhoffst dir lediglich eine Leckerei von mir." Henriette griff in ihren Korb und zog zwei Weintrauben hervor. „Hier du Räuber." Augenblicklich hüpfte der Vogel auf Henriettes Unterarm, nahm sich die dargebotenen Trauben und flog dann mit seiner Beute zurück auf das Bohnengestell, während Henriette weiter zum Haus ging.

Während sie ihre Einkäufe verstaute, kamen ihre grau-weiß getigerte Katze, Mrs. Hudson, und ihr schwarzer Kater, Mycroft, durch die Terrassentür getrottet, um, kaum dass sie die Türschwelle überquert hatten, gemeinsam ein klägliches „Mauuuu" anzustimmen, was übersetzt vermutlich soviel hieß, wie: „Endlich bist du wieder da, wir sind schon kurz vor dem Verhungern."

„Manchmal habe ich das Gefühl, dass ich für euch alle nur ein einziger, großer Futterspender bin", Henriette versuchte empört zu klingen, aber natürlich freute sie sich ihre beiden Lieblinge wohlauf zu sehen. Beide konnten, so sie denn wollten, den ganzen Tag nach draußen und hin und wieder hatte Henriette schon ein wenig Angst, dass ihnen etwas passieren könnte. Vor zwei Jahren war Kapitän Long John Silver, der Russisch Blau Kater von ihrer Nachbarin Maria Fröhlich ganze zwei Wochen verschwunden. Die arme Maria hatte schon jede Hoffnung, ihren Kater jemals wieder zu sehen, aufgegeben, als er eines Abends völlig verdreckt und abgemagert durch ihren Garten gehumpelt kam (Kapitän Long John Silver hatte von Geburt an ein Bein, das etwas kürzer als die anderen war). Maria hatte nie herausgefunden, wo ihr Kater diese zwei Wochen gewesen war. Allein wenn Henriette daran dachte, dass einer ihrer Lieblinge so lange verschwinden könnte … oder Schlimmeres … bekam sie eine Gänsehaut. Und so gab sie den beiden Quenglern eine kleine Portion *Saftige Häppchen mit Huhn an leckeren Möhrchen*, nicht ohne sich dabei, wie so oft, zu fragen, wer sich solche Sortenbeschreibungen ausdachte, und vor allem: Warum. Ihren Katzen war es jedenfalls völlig egal, ob ihr Fressen *an leckeren Möhrchen* serviert wurde, oder nicht. Natürlich gab es Sorten, die ihre Katzen lieber mochten, als andere, aber Henriette war sich ziemlich sicher, dass *leckere*

Möhrchen oder *gedämpfter Kürbis* nicht ausschlaggebend dafür waren. Neulich hatte Henriette sogar Katzenfutter gesehen, bei dem die Geschmacksorten in französisch angegeben waren. Neben *Fish à la Mode* gab es auch *Delice de Coeur* oder das *Nautilus Ragout* ...

Kopfschüttelnd machte sich Henriette einen Hagebuttentee, mit dem sie es sich auf ihrer Terrasse gemütlich machte. Lächelnd sah sie dem bunten Treiben in ihrem geliebten Bauerngarten zu. Überall um sie herum summte und brummte es. Ein Blick auf ihre Erdbeerpflanzen verriet ihr, dass sie morgen eine schöne Portion herrlich süßer Erdbeeren essen würde. An jeder Pflanze hingen pralle, rote Beeren, die Henriette dringend pflücken musste.

Im Ortskern spazierte derweil ein Fremder über den Marktplatz. Vor einer guten halben Stunde hatte der breitschultrige Mann im Gasthaus *Zur Linde* für ein paar Tage ein kleines Zimmer gemietet, nun war er auf dem Weg zur Kirche. Dabei sah er sich den Marktplatz und seine Gebäude aufmerksam an. An dem Brunnen vor St. Nikolaus blieb er stehen und betrachtete den Brunnen und die dazugehörige Info-Tafel sehr intensiv.

Der heiligen Klara von Assisi,
Schutzpatronin des Fernsehens.

Diese Steinskulptur wurde von
Siegmund von der Hommelheide
gearbeitet und am 12. September 1976
feierlich geweiht.

Die Skulptur zeigte eine verhärmt aussehende Frau, die eine längliche, schmale Kiste in der rechten Hand hielt, aus der ein dünner Wasserstrahl in den Brunnentrog floss. Stirnrunzelnd trat der Fremde noch etwas näher an die mittig über einem Steintrog befestigte Figur und wusste, nachdem er die seltsame Kiste als das identifiziert hatte, was sie darstellen sollte, nicht ob er lachen oder weinen sollte. Der Künstler hatte Klara von Assisi tatsächlich eine Fernbedienung in die Hand modelliert. „Kunst", dachte der Mann und schüttelte ungläubig den Kopf, weil er nicht verstand, wie man so etwas vor einer Kirche zulassen konnte. Nicht dass er übermäßig gläubig war. Das sicher nicht. Er ging nie in die Kirche und seit dem, seiner Meinung nach, viel zu frühen und absolut unfairen Tod seiner Mutter haderte er zudem extrem mit dem Schicksal und seinen angeblich himmlischen Vertretern. Dennoch empfand er so etwas wie eine allgemeine Pietät. Gewisse Dinge gehörten sich einfach nicht. Man machte keinen Lärm auf einem Friedhof, oder in einer Kirche. So hatte es ihm seine Mutter beigebracht. Und man sollte Heilige nicht so abwertend darstellen. Die Frau sah eher aus wie die

Hexe aus Hänsel und Gretel und nicht wie eine ehrwürdige Heilige. Und dann die Fernbedienung … nein, so etwas ging gar nicht.

Schließlich konnte er ja nicht wissen, welche heftigen Diskussionen eben diese seltsame Darstellung der Heiligen bereits damals, bei der feierlichen Weihe auch bei den Kirchhausenern ausgelöst hatte. Bis heute gab es eine große Gruppe, vor allem bei den Frauen des Kirchenchores und bei den Landfrauen, die in regelmäßigen Abständen Unterschriften dafür sammelten, dass die unschickliche Skulptur von dem Brunnen entfernt werden sollte. Bisher allerdings ohne Erfolg.

Die zuständigen Kirchenvertreter gaben stets zu bedenken, dass Klara von Assisi immerhin 1958 von Papst Pius XII zur Schutzpatronin des Fernsehens ernannt wurde, weil sie einer Legende zufolge dem Begräbnis ihres Vorbilds und Mitstreiters Franz von Assisi nicht persönlich beiwohnen konnte es wohl aber aus der Ferne sah. Und die Art der Darstellung sei eben künstlerische Freiheit.

Der Fremde wandte sich der Kirche zu. Vor dem Schaukasten, der neben einem Auftritt des hiesigen Kirchenchores am nächsten Sonntag auch über die Messe- und Beichtzeiten informierte blieb er erneut stehen, sah auf seine Armbanduhr und ging dann kurzentschlossen in die Kirche hinein. Wenn das kein Wink des Schicksals war: Er war ohne es zu wissen genau zur Beichtzeit gekommen. Diese Gelegenheit wollte er sich nicht entgehen lassen, und so durchschritt er den Mittelgang der äußerst imposanten Kirche und trat auf den Beichtstuhl zu. Er zögerte nur kurz, bevor er die Schultern straffte und entschlossener, als er sich innerlich fühlte, eintrat. Er war sich sicher, dass er jetzt irgendeinen festgelegten Spruch hätte sagen müssen - man kannte das ja aus Filmen – aber da er weder katholisch war, noch vor hatte die Beichte abzulegen, blieb er einfach in dem engen, leicht muffig riechenden Raum stehen, starrte auf die kleine, vergitterte Öffnung und wartete. Es dauerte auch nicht lange, bis sein Gegenüber verwundert das Wort an ihn richtete, vermutlich irritiert darüber, dass zwar offensichtlich jemand den Beichtstuhl betreten hatte, er aber die nun eigentlich üblichen Worte: „Im Namen des Vaters und des Sohnes und des Heiligen Geistes. Amen", nicht hörte.

„Ist da jemand?"

„Ja Vater, dein Sohn."

„Ich verstehe nicht? Was soll das?" Der Stimme des Pfarrers war deutlich anzuhören, dass er das nicht lustig fand. „Das hier ist ein Beichtstuhl und kein Ort für schäbige Witze. Wenn du nicht vor hast, die Beichte abzulegen, möchte ich dich bitten zu gehen."

„Ich mache keine Witze. Ich bin dein Sohn." Der Fremde starrte noch immer durch das Gitter. Seine Stimme war klar und fest. Nichts deutete auf einen Scherz hin.

„Hören Sie", der Pfarrer wechselte aufgrund des doch recht seltsam verlaufenden Gesprächs lieber zum distanzierten *Sie*, „ich weiß wirklich nicht, was Sie von mir wollen, aber wenn Sie möchten können wir uns gerne später treffen und in Ruhe über Ihre Probleme reden. Nur jetzt und hier erscheint mir nicht der richtige Ort dafür zu sein. Oder haben Sie vor doch noch etwas zu beichten?"

„Ich habe nichts zu beichten."

„Nun, dann möchte ich Sie bitten den Beichtstuhl zu verlassen."

„Wie wäre es gleich heute Abend?"

„Bitte?"

„Sie haben ein Treffen angeboten und ich würde das alles gerne so schnell wie möglich klären."

„Ja sicher … natürlich … wie wäre es, wenn Sie mich heute Abend nach der Messe aufsuchen würden? Sagen wir so gegen neun Uhr im Pfarrhaus? Da können wir dann sicher ganz in Ruhe klären, was Ihr Problem ist." Nun klang der Pfarrer schon deutlich souveräner. Er hatte das Gefühl, sich wieder auf sicherem Boden zu bewegen. Gespräche jedweder Art waren für ihn an der Tagesordnung. Das war schließlich ein großer Teil seiner Gemeindearbeit. Und so war er sich auch relativ sicher, das seltsame Anliegen dieses

Mannes klären zu können. Dieser verabschiedete sich noch mit einem kurzen: „Ich werde da sein", dann hörte der Pfarrer nur noch Schritte, die sich rasch entfernten.

Zufrieden mit dem Stand der Dinge ging der Fremde *Zur Linde* zurück. Er hatte, wenn er ehrlich war, nicht damit gerechnet, so schnell und vor allem so einfach zu einem Gespräch mit seinem vermeintlichen Vater zu kommen. Er hatte eher damit gerechnet, von ihm zum Teufel gejagt zu werden. Die Zeit bis zum Abendessen vertrieb er sich mit seinem Lieblings online Spiel. Er empfand es als unglaublich beruhigend, seine Tiere zu versorgen, zu füttern, sie zu beschäftigen und er erfreute sich daran, wenn sie zufrieden waren mit dem, was er ihnen gab. Natürlich war es irgendwie auch albern, als erwachsener Mann einen digitalen Tierpark mit knuddeligen Comic-Tieren zu versorgen, aber für ein echtes Tier fehlte ihm einfach die Zeit und im Grunde auch der Platz. Seine kleine Einzimmerwohnung war für den Hund seiner Träume, einen Rottweiler, wahrlich nicht ausreichend. Das wäre Quälerei und so begnügte er sich mit der Versorgung seiner Online-Tiere. Gegen sieben Uhr ging er in den Gastraum hinunter, um eine Kleinigkeit zu essen. Er bestellte sich eine Portion Chicken-Curry mit Kokosmilch und genehmigte sich ganz gemütlich zwei bis drei Gläser Wein dazu. Das Lokal war inzwischen ziemlich gut gefüllt, sodass der Fremde sich beim

Versuch, *Die Linde* zu verlassen, durch den Gang schlängeln musste. Dabei stieß er unabsichtlich mit einem am Tresen stehenden Mann zusammen.

„Ey du Arsch, pass doch auf, wo du hintrittst!", blaffte ihn der Mann lautstark an. Sowohl sein Atem als auch seine unsaubere Aussprache machten klar, dass er schon das eine oder andere Bier intus hatte.

„Verzeihung", gab der Fremde freundlich zurück und bemühte sich einfach an dem mit einem typischen Holzfällerhemd bekleidete Mann vorbeizukommen. Doch so einfach wollte sein Gegenüber ihn wohl nicht ziehen lassen.

„Wie wäre es, wenn du dich gebührend entschuldigen würdest. Ich bestelle mir - oder wenn du willst gerne auch uns - noch einen Kurzen und du bezahlst." Der Mann grinste den Fremden schief an. Der hielt es für die beste Idee, sich erst gar nicht auf ein Gespräch einzulassen, lächelte deswegen nur kurz, schüttelte den Kopf und machte sich daran seinen Weg zum Ausgang einfach fortzusetzen. Doch so einfach ließ ihn der andere nicht gehen.

„Ey, bist du taub? Oder einfach nur blöd? Ich hab gesagt, dass du mit gefälligst einen Kurzen ausgeben sollst!" Provozierend stellte sich der Mann dem Fremden in den Weg.

„Das werde ich sicherlich nicht tun", der Fremde blieb völlig ruhig. „Sie scheinen sich sehr gut alleine versorgen zu können und ich habe gleich noch einen wichtigen Termin", entschlossen schob sich der Fremde an dem Mann vorbei. Dieser jedoch war nun so richtig auf Krawall aus. Er griff dem Fremden von hinten an den Arm und drehte ihn so zu sich zurück.

„Hiergeblieben. Du zahlst ..."

„Oder was?", der Fremde verlor nun doch merklich die Geduld.

„Oder wir beide klären das wie Männer draußen vor der Tür." So breitschultrig, wie es ihm möglich war, baute sich der Mann schwankend vor dem Fremden auf.

„Ich denke nicht, dass wir das tun. Wie gesagt, ich habe jetzt einen wichtigen Termin." Das Ganze war so lächerlich. Sein Gegenüber war mindestens einen Kopf kleiner und auch deutlich schmaler als er. Ohne Probleme schob er seinen Kontrahenten zur Seite. Doch der war hartnäckiger, als der Fremde erwartet hatte und sprang den Fremden wie ein Irrer an.

„Ich mach dich fertig!", brüllte er dem Fremden entgegen, während er versuchte, mit seinen Fäusten auf den Fremden einzuschlagen. Das war dann der selbst so einiges gewohnten Kellnerin zu viel.

„Schluss jetzt, Andi! Es reicht! Du lässt den Mann jetzt in Ruhe oder es setzt was!", mit geübten Griffen pflückte sie den wütenden Mann von dem Fremden runter, entschuldigte sich mit einem: " Der Andi geht immer gleich auf wie ein Hefebrötchen", bei ihm und machte ihm ganz nebenbei den Weg zum Ausgang frei. Beim Hinaustreten vernahm der Fremde das wütende Geschrei des Mannes, der ihm diverse „Ich krieg dich schon noch" oder „Wir sehen uns sicher nochmal", hinterher schickte. Der Fremde seufzte kurz, schüttelte den Kopf und machte sich dann auf den Weg zur Kirche. Er hatte Wichtigeres zu klären, als so eine simple Wirtshausstreiterei. Und so bemerkte er auch nicht, dass der noch immer wütende Mann bereits kurze Zeit später durch die Gasthoftür taumelte und sich suchend nach dem Fremden umsah. Der spazierte seinerseits ganz gemütlich zur Pfarrei und klopfte dort um Punkt zwei Minuten nach neun Uhr an die Tür. Es dauerte nur Sekunden, dann wurde ihm geöffnet und zum ersten Mal sah er den Mann, der sein Vater sein sollte, von Angesicht zu Angesicht. Der Pfarrer hatte ein schmales Gesicht und eine hohe Stirnglatze. Die restlichen kurzen, braunen Haare waren an den Seiten bereits leicht grau meliert und auf seiner kleinen, spitzen Nase saß eine randlose Brille. Er suchte nach Ähnlichkeiten, konnte aber keine entdecken.

„Sie sind pünktlich, das ist sehr schön und leider eine aussterbende Tugend", versuchte der Pfarrer das Gespräch locker zu beginnen. „Kommen Sie doch bitte herein. Meine Haushälterin hat uns noch einen Tee aufgebrüht, bevor sie zu Bett gegangen ist. Möchten Sie eine Tasse? Es ist eine eigene Kräutermischung. Sehr aromatisch und leicht beruhigend. Man will ja später nicht ruhelos im Bett liegen, nicht wahr?", er lachte, aber es klang gekünstelt.

„Nein, danke. Ich schlafe im allgemeinen auch ohne Tee sehr gut", nun lächelte auch der Fremde leicht gekünstelt.

„So, nun denn ...", der Pfarrer goss sich eine Tasse dampfenden Tee ein und deutete dem Fremden mit einer freundlichen Geste, sich doch zu setzen. Der Blick des Fremden wanderte durch den kleinen Raum, der offensichtlich die Küche des Hauses darstellte. „Für eine Einladung ins Wohnzimmer reicht die Freundlichkeit dann wohl doch nicht", dachte der Fremde, während er durch die weit geöffnete Verandatür blickte. Draußen gab es einen gut angelegten Kräutergarten direkt an der Küche. Kaum hatte sich der Pfarrer zu dem Fremden an den Tisch gesetzt, eröffnete er das Gespräch.

„Nun, dann erzählen Sie mir doch bitte, wie ich Ihnen helfen kann", wieder erschien das künstliche Lächeln.

„Oh, mir geht es nicht um Hilfe. Ich wollte einfach nur meinen Vater kennenlernen." Ohne die Miene zu verziehen, blickte der Fremde den Pfarrer an. „Mein Name ist Stefan. Stefan Gormann."

Mit Genugtuung konnte Stefan beobachten, wie die Gesichtszüge des Pfarrers leicht zuckten, bevor er sie mühsam wieder unter Kontrolle brachte.

„Ich sehe, Sie erinnern sich an meine Mutter. Das freut mich."

Der Pfarrer schwieg lange, bevor er langsam und sehr leise antwortete. „Ja, ich erinnere mich an eine Martina Gormann. Das muss Ende der 70er oder Anfang der 80er gewesen sein. Ich war selbst erst seit Kurzem in St. Nikolaus und ich glaube, Martina war auch keine gebürtige Kirchhauserin. Hat sie nicht in diesem Blumenladen gearbeitet?", der Pfarrer schien tief in der Vergangenheit versunken.

„Sie hat dort eine Ausbildung zur Floristin gemacht, ja", bestätigte der Fremde, während der Pfarrer schweigend nickte. „Sie hat die Ausbildung allerdings nicht zu Ende machen können, weil Sie sie geschwängert haben", fügte der Fremde zynisch hinzu.

„Martina war schwanger?! Das wusste ich nicht. Ist sie deswegen einfach in einer Nacht und Nebel Aktion verschwunden?" Der Pfarrer klang jetzt sonderbar verletzt.

„Ich denke schon. Vermutlich hat sie sich gedacht, dass es keine besonders gute Idee wäre, in einem kleinen katholischen Ort wie Kirchhausen ein Kind von einem frisch geweihten Priester zu bekommen."

„Wollen Sie damit etwa andeuten, dass *ich* Martina geschwängert hätte?" Mit einem Schlag war die Stimme des Pfarrers gar nicht mehr sanft, sondern fast schon aggressiv.

„Nicht nur andeuten, ich bin mir sogar ziemlich sicher."

„Das ist eine infame Unterstellung! Was glauben Sie eigentlich, wer Sie sind?! Sie kommen hier ohne Anmeldung her, schleichen sich zuerst in meinen Beichtstuhl und dann in mein Heim und behaupten ohne jegliche Beweise, dass ich eine junge Frau geschwängert hätte!"

„Sie haben Recht. Ich habe keine unwiderlegbaren Beweise. Bisher habe ich nur ein paar Briefe von Ihnen an meine Mutter, ein oder zwei Fotos, bei denen ich glaube, dass Sie der Mann neben meiner Mutter sind und eine sehr kurze … nun nennen wir es doch ruhig *Lebensbeichte,* wo wir uns doch immerhin in einer Kirche befinden, meiner Mutter kurz vor ihrem Tod. Sie werden sicher verstehen, dass ich meiner Mutter glaube, wenn sie mir im Angesicht des Todes endlich erzählt, wer mein Vater ist und warum ich ihn nie kennengelernt habe."

„Ihre Mutter kann Ihnen ja viel erzählt haben, aber Sie können doch nicht wirklich annehmen, dass ich das alles so einfach glaube", der Pfarrer verschränkte die Arme vor der Brust.

„Sie bestreiten also, meine Mutter *näher* gekannt zu haben?"

„Ja … nein …", der Pfarrer war von seinem Stuhl aufgesprungen und strich sich nervös durch die kurzen Haare, „verflucht, ich weiß einfach gerade überhaupt nicht, was ich denken soll."

„Wissen Sie, ich kann das sogar verstehen. Ich habe auch eine Weile gebraucht, um das alles zu verarbeiten. Meine Mutter ist immerhin schon vier Monate tot. Aber am Ende bleibt es eben doch die Wahrheit: Sie sind mein Vater."

„Nehmen wir ein Mal an, dass das wirklich die Wahrheit ist. Was wollen Sie dann von mir? Wollen Sie Geld?"

„Ich brauche kein Geld und auch sonst nichts Materielles. Ich habe alles, was ich brauche. Nur eine Familie, die habe ich nicht … nicht mehr. Es gab immer nur meine Mutter und mich." Trauer schwang in seiner Stimme mit.

„Hören Sie, das ist für Sie sicher alles sehr traurig und verwirrend. Ich verstehe das. Aber wenn Sie glauben, dass Sie einfach so hierher kommen können und wir dann auf heile Familie machen würden, haben Sie sich getäuscht. Und sollten Sie vorhaben, mit dieser absurden Geschichte hausieren zu gehen, werden Sie kein Glück haben. Ich werde bestreiten, Martina jemals näher gekannt zu haben, geschweige denn ein Verhältnis mit ihr gehabt zu haben. Sie hat die Blumendekorationen für die Kirche gestaltet und gebracht. Mehr nicht. Und ein Bild oder ein paar - vielleicht ja sogar gefälschte - Briefe oder Notizen nutzen Ihnen gar nichts." Der Pfarrer hatte sich jetzt fast drohend vor dem Fremden aufgebaut und starrte ihn mit harten Blick an. Alles an ihm unterstrich seine Haltung, von der ganzen Geschichte nichts mehr hören zu wollen.

„Ich mache Ihnen einen Vorschlag. Ich werde jetzt gehen, dann haben Sie Zeit, das alles ganz in Ruhe zu verdauen. Morgen sieht die Welt dann schon ganz anders aus und dann können wir sicher noch ein Mal in Ruhe über alles reden. Wie wäre es, wenn ich morgen Abend einfach wieder komme?" Der Fremde wandte sich ohne eine Antwort abzuwarten zur Tür, legte dem zutiefst erschütterten Pfarrer noch einen Briefumschlag auf den Küchentisch, und verschwand dann ohne ein weiteres Wort. Vor der Tür blieb er stehen und atmete die kühle Abendluft ein. Ihm war klar gewesen, dass man ihn nicht mit offenen Armen empfangen würde und er hatte auch damit gerechnet, dass der Pfarrer zunächst alles abstreiten würde. Aber tief im Inneren seines Herzens hoffte er auch, dass es eine Möglichkeit gab, seinen Vater richtig kennenzulernen. Vielleicht gab es eine wie auch immer geartete Möglichkeit, dass sein Vater ihn am Ende nicht verleugnen würde.

Während der Pfarrer sich den Inhalt des zurückgelassenen Umschlages ansah und dabei auf eine längst vergangene Zeit stieß, die ihn sogar ein wenig wehmütig lächeln ließ, blieb der Fremde aus irgendeinem Grund, den er selber nicht genau hätte benennen können, noch eine ganze Weile vor St. Nikolaus stehen, ohne jedoch zu bemerken, dass er von mehreren Seiten beobachtet wurde.

 Kapitel 2

Gerade hatte Henriette ihre frisch gepflückten Erdbeeren in die Küche gebracht und wollte nun noch ein wenig Ordnung zwischen ihren Bohnen machen, als eine völlig aufgewühlte Frau an ihren Gartenzaun gestürmt kam.

„Henni! Henni! Bist du da?!"

Henriette hob verwundert ihren Kopf aus den buschigen Bohnen und staunte nicht schlecht, als sie die komplett erschütterte Chorleiterin von St. Nikolaus Eva Berg vor ihrem Gartentor stehen sah.

„Du meine Güte, Eva, was um alles in der Welt ist denn passiert? Du bist ja völlig außer Atem." Henriette erhob sich und ging auf Eva zu, die sich mit beiden Händen auf Henriettes Zaun abstützte und schwer schnaufte.

„Geht es dir gut? Soll ich dir ein Glas Wasser holen? Oder einen Tee?" Henriette war bei ihrer Nachbarin angekommen und machte sich sichtlich Sorgen. Eva war nicht nur außer Atem, sondern auch ziemlich blass. Ja geradezu bleich.

„Nein danke, es geht schon."

„Sicher?"

„Ja, wirklich. Alles O. K. Ich bin nur so entsetzt. Mitten im Brunnen. Direkt vor St. Nikolaus … und dann die ganze Polizei … und unser armer Pfarrer …"

„Wow, Eva. Jetzt beruhige dich doch erst ein Mal. Ich verstehe ja kein Wort von deinem Gestammel." Henriette schüttelte verständnislos den Kopf. „Also was ist passiert?"

Eva atmete tief ein und begann dann von vorne.

„Ich war auf dem Weg zur Chorprobe. Du weißt ja sicher, dass wir am nächsten Sonntag unser neues Programm *Von Sister Act bis Schubert* zum ersten Mal aufführen – ich gehe davon aus, dass du auch kommst – und deswegen üben wir jetzt natürlich täglich. Als ich mit meinem Rad auf den Marktplatz eingebogen bin, hab ich es schon gesehen. Alles war voller Leute und voller Polizei. Ich hab mich dann bis zur Kirche durchgekämpft. Also jedenfalls bis zu der polizeilichen Absperrung. Da waren Leute in so weißen Plastikanzügen und dann kam ein Leichenwagen und hat einen Mann eingeladen. Der lag vorher in unserem Brunnen. Mitten im Trog der Heiligen Klara und ..."

„Moment", Henriette unterbrach den Redeschwall der Chorleiterin. „Soll das etwa heißen, dass da ein Toter im Klara von Assisi-Brunnen lag?"

„Sag ich doch!"

„Hast du gesehen, wer es war?", in Henriette begann es leicht zu kribbeln. Uroma Käthes Gene regten sich und fast war es Henriette, als röche sie eine Pfeife. „So ein Quatsch, Holmes verbindet man mit einer Pfeife, nicht Doyle", dachte sie kopfschüttelnd, während sie auf Evas Antwort wartete.

„Nein. Als ich dort ankam, haben sie den Toten ja gerade in den Wagen geschoben."

„Woher weißt du denn dann, dass er im Brunnen lag?", hakte Henriette verwundert nach.

„Na weil mir das die Gutmann Schwestern erzählt haben. Die waren viel früher als ich an der Kirche, weil sie vor der Probe noch einen Kaffee bei Trudi trinken wollten. Die war übrigens auch da, also Trudi, und die hat gesagt, dass die Polizei sogar schon da war, als sie morgens ihr Café öffnen wollte. Stell dir vor, die wollten sie doch tatsächlich erst gar nicht zu ihrem *TörtchenTraum* durchlassen, weil sie sie nicht erkannt haben." Eva schien empört, dass man Trudi nicht bis in den entlegensten Winkel der Welt erkannte. Henriette schmunzelte. „Jedenfalls hat Trudi gesagt, dass der Tote wohl ein Fremder war, der einen Tag zuvor ein Zimmer in der *Linde* gemietet hatte."

„War ja klar, dass Trudi mal wieder als eine der Ersten über alles Bescheid wusste", dachte Henriette, die jetzt schon erahnte, wer sie heute noch anrufen oder besuchen würde.

„Na jedenfalls konnten wir heute nicht in die Kirche zum Proben und man konnte mir auch nicht sagen, wann wir wieder in die Kirche dürfen. Ist das nicht eine absolute Frechheit? Die können doch nicht einfach ein Gotteshaus sperren! Nicht ein Mal der Pfarrer konnte mir sagen, wann die nächste

Messe ist. Dürfen die das eigentlich? Ich meine, man hat doch schließlich ein Recht auf die Ausübung des Glaubens" Eva geriet geradezu in Rage bei dem Thema. „Und überhaupt, wieso sperrt die Polizei St. Nikolaus, wenn der Mann doch offensichtlich in dem Trog der Heiligen Klara ertrunken ist?"

„Der Mann ist ertrunken?"

„Er lag in einem Wassertrog, also ...“

„Das heiß,t du weißt es nicht, du denkst nur, dass er ertrunken ist?", hakte Henriette nach, denn sie spürte, dass dieses Gespräch auch recht schnell in Spekulationen und Gerüchte abrutschen konnte.

„Nein, sicher weiß ich nicht, wie er gestorben ist. Wie gesagt, er war ja auch schon fast eingeladen, als ich an der Kirche ankam", gab Eva kleinlaut zu. „Aber ehe ich es vergesse: Trudi hat gesagt, dass ich dir ausrichten soll, dass anscheinend Arne mit dem Fall betraut wurde." Eva war anzuhören, dass sie diese Information zwar weitergab, aber nicht wirklich wusste, was Henriette damit anfangen sollte. „Hast du eine Ahnung, was Trudi damit meint?"

„Ja, habe ich. Arne ist mein Neffe und er arbeitet bei der Kriminalpolizei."

„Ach so." Eva nickte. „Henni, meine Liebe, ich muss dann aber auch mal weiter. Schließlich muss ich die Chorproben irgendwie neu organisieren, wer weiß, wie lange das da unten alles dauert. Am Ende müssen wir unsere Premiere verschieben."

Evas Stimme kiekste leicht und Henriette wunderte sich, dass die eventuelle Verschiebung einer Choraufführung für Eva anscheinend weitaus schlimmer zu sein schien als die Tatsache, dass ein Toter auf dem Marktplatz gefunden wurde.

Henriette gab das Projekt *Bohnen* für heute auf und machte sich stattdessen auf den Weg zu *Trudis TörtchenTraum*. Trudi, die eigentlich Getrudis van Bloom hieß, trug heute ein typisches 50er Jahre Petticoatkleid in grellem Zitronengelb. Ihren neuen Eiswagen hatte sie am Rand ihrer Terrasse geparkt und ein junger Mann, den Henriette bisher noch nie bei Trudi arbeiten gesehen hatte, verkaufte die Kugeln beinahe im Akkord.

„Du hast einen neuen Mitarbeiter?", begrüßte Henriette ihre Freundin und deutete dabei mit dem Kopf auf den muskulösen, jungen Mann, der erschreckend blaue Augen hatte. „Kein Wunder, dass das Eis anscheinend vor allem bei der weiblichen Bevölkerung von Kirchhausen sehr beliebt war", dachte Henriette und schmunzelte.

„Das ist Pietro. Also eigentlich Peter. Aber solange er am Eiswagen steht, ist er Pietro. Das passt besser, weil es eben italienisch ist."

„Deine Angestellten bekommen jetzt Künstlernamen?"; Henriette lachte laut los.

„Nein, natürlich nicht. Obwohl, schließlich habe ich im Grunde ja auch einen Künstlernamen."

„Du hast keinen Künstlernamen, du benutzt lediglich eine Kurzform deines Namens", korrigierte Henriette ihre Freundin noch immer lachend.

„Von mir aus. Peter hat nichts dagegen. Im Gegenteil, er fand die Idee äußerst lustig. Hin und wieder erwische ich ihn sogar dabei, wie er sich an einem echt schlechten italienischen Dialekt versucht und so Sachen wie *allora* oder *füüre die multi bella donna* sagt. Und wie du ja selber sehen kannst, scheint das den Leuten zu gefallen" Trudi zuckte mit den Schultern.

„Und woher hast du deinen flotten Mogel-Italiener? Diese Augen wären mir ganz sicher aufgefallen."

„Das war pures Glück", strahlte Trudi. „Peter ist ein Freund von Hanna. Ich glaube, sie kennen sich von der Uni. Und wie es der Zufall so will, hat Peter unsere gute Hanna gestern Nachmittag abgeholt, weil sie zusammen mit ein paar weiteren Freunden noch zum Badesee wollten. Tja, wir kamen kurz ins Gespräch und da hat er erwähnt, dass er gerade seinen Minijob verloren hat und da habe ich natürlich gleich zugeschlagen. Ich meine, sieh ihn dir doch nur an." Trudis Augen blitzten vor Begeisterung.

„Dass das irgendwie ein wenig sexistisch ist, ist dir aber schon klar, oder?"

„Ach was. Er ist ja nicht nackt. Außerdem, was kann ich dafür, dass die Mädels anscheinend ausnahmsweise Mal nicht an die Kalorien denken, wenn sie ihr Eis von unserem hübschen Pietro serviert bekommen." Trudi zwinkerte Henriette verschwörerisch zu. Sie hielt so gar nichts von dem vorherrschenden Schlankheitswahn der jungen Mädchen. Ihrer Meinung nach brauchte eine Frau Rundungen. Schöne, sanfte Rundungen.

„Das ist natürlich mal ein Argument", stimmte Henriette ihr zu.

„Aber jetzt mal Schluss mit dem Gerede über meinen neuen Eisverkäufer. Als ob es nichts Spannenderes gäbe. Du hast doch sicher schon von dem schrecklichen Vorfall heute Morgen gehört, oder? Liegt da einfach so ein Toter in unserem Klara-Brunnen", Trudi schien empört.

„Ja, Eva hat es mir heute Morgen brühwarm erzählt. Sie hat auch erwähnt, dass du Arne gesehen hast. Ist er noch drüben bei der Kirche. Ich habe vorhin nichts gesehen, außer dem Absperrband."

„Nein. Ich glaube die Polizei ist vorhin komplett abgezogen. Aber wollen wir uns nicht auf einen Kaffee hinsetzen und in Ruhe reden?"

Henriette nickte und keine halbe Stunde später war sie in alle - Trudi bekannten - Einzelheiten eingeweiht. Anscheinend hatte Manuel Paulsen, der Besitzer vom Zeitungs-Kiosk, den Toten entdeckt, als er heute früh um halb fünf zu seinem Laden wollte. Ihm war wohl schnell klar, dass dem Fremden nicht mehr zu helfen war, also hatte er zuerst den Pfarrer geweckt und anschließend die örtliche Polizei angerufen, die haben dann ihrerseits alles abgesperrt, gesichert und die Kripo informiert.

„Paulsen hat gesagt, dass der Tote unglaublich viel Blut am Kopf gehabt hat", flüsterte Trudi aufgeregt. „Er wurde bestimmt erschlagen. Zack! Bumm! Tot!"

„Oder er ist unglücklich gestolpert, vielleicht weil er ein oder zwei Bierchen zu viel hatte, und hat sich einfach den Kopf aufgeschlagen", versuchte Henriette den Mörder-Eifer von Trudi zu stoppen.

„Das wäre aber wirklich ein saublöder Zufall", gab Trudi zu bedenken.

„Ich persönlich halte das für viel wahrscheinlicher, als dass ein völlig fremder Mann mitten in Kirchhausen erschlagen wird und dann auch noch ausgerechnet im Trog des Klara von Assisi-Brunnen landet."

„Vielleicht war es ein Anschlag dieser radikalen Landfrauen?", spekulierte Trudi wild.

„Was?!", Henriette hatte keine Ahnung, was Trudi von ihr wollte.

„Na, es wäre doch möglich, dass sich die Landfrauen überlegt haben, dass so ein Toter in dem Brunnen endlich ein Grund wäre, den Brunnen neu zu gestalten. Immerhin ist er doch jetzt irgendwie entweiht, oder nicht?", Trudi blickte Henriette aus ihren großen grünen Augen an.

„Himmel Trudi, das meinst du doch jetzt nicht im Ernst, oder?"

„Wer weiß … ganz geheuer sind mir die meisten davon nicht. Und dieser Brunnen ist denen doch schon seit Jahren ein Dorn im Auge", gab Trudi leicht trotzig zurück.

„Aber nur weil sie den Brunnen schrecklich finden, bringen sie doch keinen unschuldigen Fremden um", Henriette schüttelte den Kopf. Manchmal fragte sie sich ernsthaft, wie Trudi auf ihre Ideen kam.

„Mag schon sein. Vermutlich hast du ja Recht", gab Trudi kleinlaut zu. „War ja auch nur so ein Gedanke."

„Ein extrem alberner." Henriette schaute ihre Freundin streng an. Solche sinnfreien Mutmaßungen brachten niemanden weiter.

„Oh, schau mal", Trudi deutete nach draußen. „Ist das nicht Arne, der da gerade aus dem Haus des Pfarrers kommt?"

Es war Arne. Augenblicklich sprang Henriette auf, stürzte förmlich nach draußen und auf ihren Neffen zu.

„Arne!"

„Tante Henni!?Warum wundert es mich nicht, dich hier zu sehen?", Arne umarmte seine Tante und hauchte ihr einen Luftkuss auf die Wange.

„Ich war nur einen Kaffee bei Trudi trinken", sagte Henriette und versuchte dabei möglichst unschuldig dreinzuschauen.

„Als ob ich das glauben würde. Ich kenne doch Kirchhausen. Wann hast du von dem Toten gehört?"

„Heute früh. Ich wollte gerade meine Bohnenbeete in Ordnung bringen, als mir Eva Berg erzählt hat, dass da ein Toter im Brunnen vor St. Nikolaus gelegen habe."

„Wer um alles in der Welt ist Eva Berg?", Arne wackelte fragend mit dem Kopf.

„Eine Nachbarin von mir. Und die Chorleiterin von St. Nikolaus." Henriette klang, als wüsste das jeder.

„Aha … und woher wusste die von dem Mann?"

„Na weil sie heute Vormittag eigentlich mit dem Chor proben wollte und da … "

„Ach, vergiss es. In diesem Kaff weiß ja sowieso immer gleich jeder alles. Und wer nichts weiß, der erfindet sich was", unterbrach Arne seine Tante etwas unwirsch.

„Also hör mal!" Henriette war entrüstet.

„Tschuldigung. Aber du weißt doch, was ich meine. Und erzähl mir nicht, dass du heute nicht schon wilde Geschichten über den Fremden und sein Ableben gehört hast."

Kurz dachte Henriette an Trudi und ihre die Landfrauen und musste Arne insgeheim ja Recht geben.

„Woher weißt du, dass der Tote ein Fremder war? So genau kennst du die Kirchhausener doch gar nicht", wechselte Henriette das Thema.

„Erstens hätten mir aber sicher die ortsansässigen Kolleginnen und Kollegen gesagt, mit wem wir es zu tun haben, wenn sie ihn gekannt hätten, und zweitens hat mir gerade auch der Pfarrer bestätigt, dass der Tote sicherlich nicht aus der Gegend stammt."

„Hat der arme Kerl denn keine Papiere bei sich gehabt?"

„Nein leider nicht. Aber anscheinend hatte er ein Zimmer in der *Linde*. Jedenfalls ist das das, was der Dorffunk so sagt."

„Ach, auf ein Mal ist der Dorffunk doch ganz gut", Henriette grinste fragend.

„Das sehen wir dann gleich, wenn sich auch bestätigt, dass er dort ein Zimmer hatte."

„Dann willst du jetzt also *Zur Linde*?"

„Das hatte ich vor. Wenn er dort wirklich gewohnt hat, wissen wir wenigstens schon mal, wer er überhaupt ist."

Grinsend hakte sich Henriette bei Arne unter. „Na dann mal los."

Arne entfuhr ein tiefes Seufzen. „Du weißt, dass du nicht einfach so mitkommen kannst, wenn ich arbeite."

„Ach was. Muss ich dich erst daran erinnern, dass wir ein wirklich gutes Team sind", Henriette lächelte ihren Neffen unschuldig an.

Natürlich erinnerte sich Arne daran, dass er den Mord am alten Hösselbarth sicher nicht so schnell gelöst hätte, wenn seine Tante ihm mit ihren Orts-

und Personenkenntnissen nicht so geholfen hätte. Und natürlich redeten die Leute lieber mit einer „Eingeborenen", wie Arne gerne scherzhaft sagte, als mit dem Kriminaler aus der Stadt. Nicht zu vergessen, dass seine Tante sowohl über ein sehr gutes Gespür, als auch über eine unglaublich klare Kombinationsgabe verfügte. „Die Sherlock Holmes Gene", dachte Arne und musste grinsen, weil er unweigerlich an die alte Familiengeschichte denken musste, die seine Tante ihm schon so oft erzählt hatte.

„Was hat der Pfarrer eigentlich so erzählt?", lenkte Henriette das Gespräch wieder in für sie interessantere Pfade, während sie gemütlich mit Arne zur „Linde" schlenderte, der sich anscheinend in sein Schicksal ergeben hatte. Vielleicht war ihm aber auch einfach nur klar, dass er seine Tante jetzt sowieso nicht loswerden würde.

„Nicht viel, wenn ich ehrlich sein soll", antwortete Arne.

„Und was genau heißt: "Nicht viel" ?", fragte Henriette nach. Diese Antwort war ihr eindeutig zu schmal.

„Er hat gesagt, dass er den Mann nicht kennen würde, dass er in der letzten Nacht nichts Verdächtiges oder Seltsames gehört oder gesehen hätte und dass ein gewisser Manuel Paulsen wohl heute Morgen völlig aufgelöst an seine Tür geklopft und von einer Leiche im Trog-Brunnen gefaselt hätte. Daraufhin sei er zu eben diesem

Brunnen gelaufen und habe den fremden Mann dann ebenfalls gesehen. Dann sei er bestürzt zurück und habe Herrn Paulsen darum gebeten, doch bitte bei der Polizei anzurufen, er selbst hätte Herrn Paulsen und sich dann einen beruhigenden Tee aufgebrüht und gemeinsam hätten sie dann auf das Eintreffen meiner Kollegen gewartet."

„Hm, das ist in der Tat nicht sehr viel", gab Henriette zu.

„Wäre ja auch zu einfach, wenn uns der Pfarrer gleich den Mörder und den genauen Tathergang liefern könnte", gab Arne zu bedenken.

„Steht denn schon fest, dass wir einen Mörder suchen? Könnte doch auch ein Unfall gewesen sein."

„Zunächst: *Wir* suchen erst einmal gar nichts. Und: *Ich* ermittle wegen bisher ungeklärter Todesursache", versuchte Arne gleich die Fronten zu klären. „Natürlich steht noch nicht zu 100 Prozent fest, dass der Mann getötet wurde. Aber ganz ehrlich, so wie sein Schädel aussah, würde es mich doch sehr wundern, wenn er einfach nur unglücklich in den Trog gefallen wäre. Ist schließlich nicht die erste Leiche mit kaputtem Schädel, die ich sehe. Ich tippe eher auf einen harten, vermutlich eher flachen Gegenstand, der hier nachgeholfen hat."

Henriette nickte verstehend. Die beiden standen nun direkt vor dem Gasthaus *Zur Linde*.

„Willst du nicht hinein?", fragte Henriette verwundert, weil Arne vor der Eingangstür stehen geblieben war und keine Anstalten machte rein zu gehen.

„Ich überlege nur noch, wie ich es anstelle, dass du jetzt ganz gemütlich umdrehst und mich in Ruhe alleine meine Arbeit machen lässt."

„Na dann denk mal schön", entgegnete Henriette frech und trat voller Schwung durch die Tür.

Arne seufzte ein weiteres Mal sehr tief, ergab sich dann aber doch sehr schnell dem Lauf der Dinge und folgte seiner Tante mit festen Schritten. Die hatte sich bereits zum Tresen aufgemacht, an dem man offensichtlich auch eincheckte.

„Tag Moni."

„Henni, schön dich zu sehen. Möchtest du bei uns zu Mittag essen, oder was führt dich zu mir?", fragte die gut gebaute Frau hinter dem Tresen mit einem umwerfend fröhlichen Lächeln.

„Nein, ich bräuchte eigentlich nur eine kurze Auskunft ...", begann Henriette gerade, als Arne hinter ihr hervortrat und sie freundlich, aber bestimmt unterbrach und leicht zur Seite schob.

„Was meine Tante wirklich sagen wollte, ist, dass ich", an der Stelle verbeugte sich Arne leicht und sah dabei aus wie ein Concierge in einem alten Hollywoodfilm, „Ihnen gerne ein paar Fragen gestellt hätte. Mein Name ist Arne Voß und ich ermittle in dem Todesfall, der sich letzte Nacht

44

unten bei dem Klara von Assisi-Brunnen ereignet hat."

„Mein Gott ja, davon habe ich natürlich schon gehört", mit übertriebener Geste fasste Monika Seibold sich ans Herz und blickte Arne aus weit aufgerissenen Augen an. „Aber wie soll ich Ihnen denn da helfen?", Monika sah Arne fragend an. „Brauche ich etwa ein Alibi?".

Henriette war bei Monika Seibold immer wieder überrascht. Wie konnte eine in den meisten Lebenslagen komplett naive und überfordert wirkende Person wie Moni gleichzeitig eine so erfolgreiche Geschäftsfrau sein. Denn das war sie ohne Zweifel. Ihr Gasthaus florierte seit eh und je und der Ausbau vor einigen Jahren, der es Monika ermöglichte, auch ein paar kleine, aber feine Zimmer zu vermieten, war ebenfalls ein voller Erfolg geworden.

„Aber nein", Arne lächelte charmant. „Wir haben gehört, dass der Tote bei Ihnen ein Zimmer gemietet haben soll."

„Bei mir?", erneut blickte Monika den Kommissar erschrocken an.

„Stimmt es denn nicht, dass gestern Nachmittag ein ungefähr 40 Jahre alter Mann ein Zimmer bei Ihnen gemietet hat?"

„Doch sicher. Ich habe ihm das Kastanien-Zimmer gegeben."

„Das Kastanien-Zimmer?", fragte Henriette neugierig.

„Oh ja. Alle Zimmer haben bei uns Namen von Bäumen. Schließlich sind wir ja eh schon das *Zur Linde* und da fanden wir es irgendwie passend, auch unsere Gästezimmer nach Bäumen zu benennen. Wie haben auch noch das Birken-Zimmer, die Fichten-Stube und die Linden-Suite." Monika lächelte Henriette aus vollem Herzen an. „Und beim Kastanien-Zimmer kann man sogar auf die große Kastanie hinten im Hof sehen. Die blüht übrigens gerade ganz wunderschön ..."

„Ja, sehr schön, Frau Seibold", mischte sich Arne in das seiner Meinung nach nicht sonderlich hilfreiche Gespräch der beiden ein. „Wäre es denn möglich, einmal in das Zimmer zu sehen?"

„Meinen Sie denn wirklich, dass mein Gast der Tote vom Brunnen ist?"

„Haben Sie ihn denn seit gestern Nachmittag noch einmal gesehen?"

„Nur beim Abendessen. Er hat hier bei uns in der Gaststube zu Abend gegessen." Monika Seibold dachte kurz nach, bevor sie fortfuhr. „Nach dem kurzen Streit mit Andreas hat er das Lokal verlassen und danach habe ich ihn wirklich nicht mehr gesehen. Weder gestern Abend noch heute Morgen zum Frühstück."

„Streit?" Sofort war Arne hellhörig geworden.

„Ach, der Andi hat den Fremden ein wenig angepöbelt, als der das Lokal verlassen wollte. Hatte mal wieder ein oder zwei Bierchen zu viel.

Hin und wieder passiert ihm das und dann wird er leider oftmals etwas unleidlich."

„Etwas unleidlich?". Arne zog die Augenbrauen hoch. Er mochte generell keine Menschen, die entweder nicht wussten, wie viel sie vertrugen, oder nach dem Genuss von Alkohol generell gerne aus der Rolle fielen. Und er mochte es auch nicht, wenn Menschen unangemessenes oder gar aggressives Verhalten verharmlosten, nur weil *ein paar Bierchen* im Spiel gewesen waren.

„Naja … " Monika wand sich sichtlich um eine passende Antwort. Sie wollte Andi nichts anhängen, aber immerhin stand da ein echter Kriminalpolizist vor ihr. „Wenn er getrunken hat, kann er schnell handgreiflich werden."

Arne nickte wissend.

„Nicht wirklich schlimm", setzte Monika schnell nach.

„Sondern?", hakte Arne nach.

„Er pöbelt dann halt gerne mal die Leute an, droht oder schubst sie. So Sachen halt. Sie wissen schon."

Ja, Arne wusste schon. Genau das Verhalten, das er so verabscheute. „Und wie genau lief das dann gestern ab?"

„So genau habe ich das ehrlich gesagt nicht mitbekommen. Ich bin ja praktisch erst dazwischen, als der Andi den Fremden angesprungen und bedroht hat. Da hab ich mir den Andi geschnappt, zurück an den Tresen geschoben und dann war der Fremde auch schon zur Tür raus." Fasste Monika die vorabendlichen Ereignisse kurz zusammen.

„Wie heißt denn der *Andi* mit vollem Namen?", wollte Arne nun doch noch schnell wissen. Eine Befragung in diese Richtung erschien ihm unumgänglich.

„Andreas. Andreas Kneitel."

„Danke. Können wir denn nun in das Kastanien-Zimmer?"

„Ja darf ich das denn überhaupt? Ihnen so einfach den Zutritt zu einem Gästezimmer erlauben?", Moni schien ernsthaft besorgt. Vermutlich überlegte sie, was es für sie bedeuten würde, wenn der Dorftratsch loslegen und behaupten würde, bei der „Linde" könne jeder einfach so deine Sachen durchwühlen.

„Nun, natürlich können Sie auch warten, bis ich einen Durchsuchungsbefehl erwirkt habe, aber wollen Sie denn nicht auch lieber so schnell wie möglich wissen, ob mit Ihrem Gast alles in Ordnung ist? Vielleicht ist er ja auch heute Morgen nicht beim Frühstück erschienen, weil er verletzt in seinem Bett liegt", dreist zwinkerte Arne der Wirtin zu.

„Na, Sie sind mir ja vielleicht einer."

Interessiert bemerkte Henriette, dass Moni anscheinend nicht immer schwer von Begriff war.

„Also meinetwegen. Gehen wir lieber ein Mal nachsehen, ob es meinem Gast womöglich nicht gut geht." Mit einer geübten Handbewegung griff Monika blind unter den Tresen und zog augenblicklich einen Schlüssel hervor.

„Respekt, du kennst dich ja anscheinend blind unter deinem Tresen aus." Henriette war wirklich beeindruckt. Auf Anhieb ohne hinzusehen den passenden Schlüssel zu greifen, erschien ihr viel Übung zu erfordern.

„Ach was. Das ist ein Generalschlüssel", Moni lachte. „Und es ist auch der einzige Schlüssel, der hier rumliegt."

Das wiederum erschien Henriette nun etwas gewagt. Ein für im Grunde jeden zugänglicher Generalschlüssel war nicht das, was sie bei Monika erwartet hätte. Erstaunt schüttelte sie den Kopf, wollte Moni aber nicht verärgern, indem sie ihre Bedenken laut äußerte. Gemeinsam mit Arne folgte sie Moni in den ersten Stock.

Das Kastanien-Zimmer war das zweite Zimmer auf der linken Seite des Ganges. Bevor Monika die Tür öffnete, klopfte sie sicherheitshalber an und rief: „Hallo, Herr Gormann, sind Sie da?!"

Im Zimmer blieb alles ruhig. Auch ein erneutes Rufen brachte keine Antwort. Fragend blickte sich Monika zu Arne um. Der nickte zustimmend und so öffnete die Wirtin die Zimmertür mit Hilfe ihres Generalschlüssels, trat dann ein Stück zur Seite und ließ Arne den Vortritt.

„Übermäßig neugierig schien die gute Moni jedenfalls nicht zu sein", dachte Henriette, die eigentlich damit gerechnet hatte, dass es sich Moni, als Gastwirtin, nicht nehmen lassen würde, zuerst in den Raum zu treten. Henriette fielen auf Anhieb genügend Dorfbewohnerinnen ein, die sich die Möglichkeit, als Erste in das Zimmer eines vermutlich frisch Ermordeten zu sehen, nie im Leben hätten nehmen lassen. Sie grinste und hatte unfreiwillig das Bild eines erstklassigen Budychecks, ausgeführt von ihrer stets *gut informierten* Nachbarin Maria Fröhlich, vor Augen.

Das Zimmer war einfach, aber hübsch eingerichtet. Monika hatte es geschafft, mit einer gekonnten Mischung aus rustikalen Holzelementen und modernen, leichten Accessoires eine richtige Wohlfühlatmosphäre zu schaffen. Henriette hatte nicht wirklich Ahnung von Holz, aber sie hätte wetten können, dass zumindest das üppige Bettgestell aus Kastanienholz gefertigt worden war.

„Ist das aus Kastanienholz?", fragte sie Monika neugierig. Sie gehörte eben zu der Sorte Mensch, die ihre Vermutungen gerne auch bestätigt hatten oder sich gegebenenfalls eines besseren belehren ließen. Schließlich lernte man nie aus.

„Edelkastanie, ja. Das Bett ist ja noch relativ jung, deswegen ist das Holz auch noch so hell, aber im Laufe der Jahre wird es nachdunkeln und hoffentlich einen satten, dunkelbraun-rötlichen Farbton haben. Die Bettpfosten hat der Michi Bäumler für uns gedrechselt. Und die hübschen Intarsien hier auf dem Nachttisch hat seine Frau, die Franzi für uns gemacht. Die Franzi hat ein richtiges Händchen für solche Dinge. Findest du nicht auch?"

Henriette trat näher an das Tischchen heran und staunte in der Tat nicht schlecht. Von der Tischplatte schaute sie ein wundervolles, grazil gestaltetes, Eichhörnchen an.

„Das ist wirklich schön", gab Henriette ehrlich zu, bevor sie ihren Blicke auf Arne richtete. Der ging langsam durch den Raum und sah sich um. Auf einem Stuhl vor dem Fenster stand eine eher kleine Reisetasche. Ein kurzer Blick hinein zeigte den typischen Inhalt eines Mannes, der nicht vor hatte, lange von zu Hause fortzubleiben. Zwei T-Shirts, einen Pullover, Socken und Unterhosen zum Wechseln. Dazu eine kleine Tasche mit gängigen Pflegeutensilien und ein Ladekabel, welches vermutlich zu dem auf dem Schreibtisch liegenden Tablet gehörte. Erst in einer der beiden Seitentaschen wurde Arne fündig. Dort fand er ein Portemonnaie, zu dessen Inhalt nicht nur die üblichen Papiere und Checkkarten gehörten, sondern auch zwei Fotos. Arne betrachtete zunächst das erste Bild eingehend. Das Foto zeigte eine junge Frau und einen vermutlich etwas älteren Mann, die eng aneinander gelehnt auf einer Bank saßen. Arne schätzte, dass das Bild in den späten 70er oder frühen 80er-Jahren aufgenommen wurde.

„Wie ulkig, der Mann auf dem Bild sieht ja fast aus wie eine jüngere Version unseres Herrn

Pfarrers", bemerkte Monika. Arne sah Henriette fragend an. Die war allerdings der Ansicht, dass das auf dem Bild auch tatsächlich der junge Pfarrer war und nicht nur irgendein Double. „Da zeigte sich dann doch wieder die naive Art von Moni", dachte Henriette und nickte Arne leicht zu, um ihm so zu signalisieren, dass auch sie diese Ähnlichkeit sah. Die zweite Aufnahme zeigte dieselbe Frau etwas älter, mit einem ungefähr 10 Jahre altem Kind. „Sieht aus wie ein Hafen", murmelte Arne völlig in Gedanken versunken.

„Erinnert mich ein wenig an Hamburg, oder?", stimmte Henriette ihm zu.

„Gut möglich. Ich bin mir sicher, dass unsere Nerds von der Technik das ganz schnell herausfinden werden."

Arne packte alle Sachen in die Reisetasche.

„Wir werden dann jetzt wieder gehen. Ich danke Ihnen wirklich sehr für Ihre Hilfe, Frau Seibold." Arne schüttelte Monika noch kurz die Hand, dann verließ er, die Tasche unter dem Arm, schnurstracks das Zimmer und verschwand nach unten.

„Der hat's aber plötzlich eilig", bemerkte Monika und runzelte leicht die Stirn.

„Vermutlich hat sein Kriminalisten-Hirn gerade irgendeine heiße Idee", lächelte Henriette entschuldigend. Sie wollte Moni nicht auf den Kopf zusagen, dass sie sich ziemlich sicher war, dass Arne auf dem schnellsten Weg noch ein Mal zum

Pfarrer wollte. „Von wegen er kannte den Toten nicht", dachte Henriette und schnaubte spöttisch. Nachdem auch Henriette sich von Moni verabschiedet hatte, eilte sie Arne hinterher. Sie fand ihn vor dem Gasthof, wo er offensichtlich ungeduldig auf seine Tante wartete.

„Nett, dass du auf deine alte Tante wartest."

„Das nennt man *Fishing for Compliments*."

„Wieso?"

„Weil du jetzt nur hören wolltest, dass du natürlich nicht alt bist", Arne grinste.

„Vielleicht ...". Henni grinste frech zurück. „Gehe ich recht in der Annahme, dass du so schnell wie möglich zurück zum Pfarrer willst?"

„Worauf du wetten kannst. Oder bist du auch so naiv und glaubst an einen seltsamen Zufall?"

„Natürlich nicht! Das auf dem Foto war ganz sicher unser verehrter Pfarrer. Aber wäre es nicht trotzdem sinnvoller, zunächst hier in der *Linde* noch ein paar Fragen zu stellen?"

„Was für Fragen meinst du?", Arne schien seiner Tante nicht folge zu können.

„Zum Beispiel, ob einer der Angestellten oder Gäste etwas von dem Streit zwischen dem Toten und diesem Andreas Kneitel mitbekommen hat."

„Das wäre sicher noch interessant, da hast du wie immer Recht, Mrs. Watson", Arne schlang verschmitzt einen Arm um seine Tante und gab ihr lachend einen Luftkuss. „Dann lass uns noch ein Mal reingehen, bevor wir uns den Pfarrer vorknöpfen. Ich bin doch sehr gespannt, was uns der gute Kirchenmann über die Fotos zu sagen hat ..."

Voller Elan ging er zur Tür der *Linde* zurück und trat ein. Henriette folgte ihm.

Als die beiden wenig später wieder auf den Marktplatz traten, hatten sie ein ziemlich genaues Bild der gestrigen Ereignisse. Henriette stufte den Zwischenfall für sich als typische Gasthaus-Pöbelei ein. Ärgerlich, aber harmlos. Arne hingegen sah das etwas anders. Natürlich kannte er diese Sorte Streitereien auch zu Genüge und stimmte seiner Tante in gewisser Weise sogar zu. Ohne Zweifel gipfelten solche Pöbeleien selten bis nie in eine tödliche Auseinandersetzung, aber natürlich sollte man ja bekanntlich *niemals nie sagen*. Deswegen war für Arne klar: Andreas Kneitel musste auf jeden Fall befragt werden. Doch zuerst war der Pfarrer dran ...

Leider konnten Henriette und Arne den Pfarrer von St. Nikolaus nicht sofort befragen. Kurz bevor sie das Gotteshaus erreicht hatten, kam Francesco Rinaldi, der seit einigen Jahren ehrenamtlich als Organist die Gottesdienste begleitete, aus der Kirche. Auf die Frage, wo sie den Pfarrer finden konnten, teilte Francesco ihnen mit, dass der Pfarrer gerade auf seiner „Nachmittagsrunde" sei. Was hieß, dass er verschiedene Hausbesuche bei

Gemeindemitgliedern absolvierte. Gegen fünf Uhr sei er aber im Normalfall wieder daheim.

„Mist", äußerte Arne seinen Unmut über diese Verzögerung ziemlich deutlich, als er mit seiner Tante vor dem Pfarrhaus stand und überlegte, welcher Schritt nun der sinnvollste wäre. Doch noch bevor er oder Henriette sich dazu beratschlagen konnten, kam eine wild winkende Trudi auf sie zugestürmt.

„Juhuu, Henni!"

„Trudi, warum so stürmisch?", fragend blickte Henni ihre Freundin an.

„Na wegen euch. Ich hab euch aus dem Pfarrhaus kommen sehen und wollte fragen, ob es schon etwas Neues von dem Toten gibt", gab Trudi Antwort und sah dabei aus, als sei das das Naheliegendste der Welt.

„Es gibt in der Tat Neues ...“

„Tante Henni!", unterbrach Arne seine Tante, bevor sie womöglich polizeiliche Informationen einfach so an Unbefugte weiter gab.

„Schon gut, schon gut. Soo brisante und geheim zu haltende Dinge haben wir ja nun wirklich noch nicht", rechtfertigte Henriette ihre Auskunftsfreudigkeit.

„Naja, ich sehe das ein wenig anders. Der Inhalt seiner Reisetasche war schon recht interessant ...“

„Aber sicher", unterbrach nun Henriette ihrerseits den Redeschwall ihres Neffen, weil sie befürchtete, er würde die gefundenen Fotos erwähnen. „Du glaubst doch aber jetzt nicht wirklich, dass nicht sowieso in spätestens einer Stunde der ganze Ort weiß, dass der Tote Stefan Gormann heißt, ein Zimmer in der „Linde" hatte und dort gestern Abend in eine Pöbelei mit Andreas Kneitel geraten ist." Henriette zog die Stirn kraus und blickte ihren Neffen vielsagend an. Der war natürlich schlau genug, um zu bemerken, dass seine Tante genau die Informationen weitergegeben hatte, die wirklich bald jeder im Dorf haben würde, die gefundenen Fotos aber mit keinem Wort erwähnt hatte. Blieb nur zu hoffen, dass die naive Wirtin nicht zufällig bei irgendwem erwähnte, wie witzig sie die Ähnlichkeit des Mannes auf dem Foto mit dem örtlichen Pfarrer fand. Denn an diesen Zufall glaubte vermutlich wirklich nur sie.

„Mit dem Kneitel?", fragte Trudi und klang dabei wenig überrascht.

„Ja, wieso? Kennst du den näher?" Henriettes Neugier war augenblicklich geweckt.

„Näher wäre sicher übertrieben, aber sagen wir es mal so: Es wird im Ort niemanden großartig wundern, wenn es die Runde macht, dass er mal wieder für Stunk gesorgt hat."

„Neigt er zu Gewalt?", fragte nun auch Arne voller Interesse.

„Nein, nicht wirklich. Er hat einfach irgendwie das Talent, für Unruhe zu sorgen. Kleine Streitereien im Gasthof oder im Biergarten. Solche Sachen. Beim vorletzten Sommerfest zum Beispiel, unten am Weiher, hat er den Besitzer der Losbude ins Wasser geworfen, weil er besoffen wie er war, der festen Überzeugung war, der Budenbesitzer würde ihn übers Ohr hauen, weil der sich strikt geweigert hatte, dem Andi den Hauptgewinn, einen riesigen rosa Stoffhasen, gegen einen „Kleingewinn- Coupon" auszuhändigen. Solche Sachen halt. Außerdem soll er hin und wieder in … wie soll ich sagen … kleine kriminelle Vorfälle verwickelt sein."

„Kleine kriminelle Vorfälle?", Arne und Henriette zogen beide die Augenbrauen hoch und schauten Trudi fragend an. Die zierte sich zunächst etwas, aber dann platzte es natürlich doch aus ihr heraus und so erfuhren Henriette und Arne den kompletten Dorftratsch über Andreas Kneitel.

Am Ende zeichnete sich für die beiden ein ziemlich eindeutiges Bild von Andis Charakter ab.

Andreas Kneitel war ein Streithahn, der anscheinend keine Gelegenheit ausließ, sich außer der Reihe mal mehr und mal weniger legal, etwas dazu zu verdienen. Wirklich große Sachen schienen aber nicht dabei zu sein.

„Wir haben gerade etwas Zeit. Wie wäre es, wenn ihr in dein Café gehen und eine Kleinigkeit essen würden?"

„Oh ja, essen ist eine super Idee, Tante Henni", stimmte Arne diesem Vorschlag voller Begeisterung zu. Immerhin hatte er außer einem

Coffee to go heute früh noch nichts in den Magen bekommen.

„Ich denke, ich habe da eine bessere Idee. Wir gehen zu Murat", schlug Trudi den beiden statt einem Besuch in ihrem Laden vor.

„Wer ist Murat?", fragte Arne.

„Keine Ahnung", gab Henriette schulterzuckend zu.

„Murat ist der Nachfolger von Gino. Ich hab dir doch erzählt, dass Gino seinen Kiosk an einen Türken verkauft hat und die Hanna, also meine Aushilfe, die hat von der Irene, du weißt schon, die arbeitet doch halbtags im Rathaus ..."

„Ja, hat der denn schon geöffnet?", unterbrach Henriette Ihre Freundin, bevor diese ihr bis ins letzte Detail schilderte, wer wann was von wem gehört hatte. Henriette wollte lieber endlich los. Sie konnte sich nämlich kaum vorstellen, dass man in so kurzer Zeit aus einer Eisdiele einen Döner-Imbiss machen konnte.

„Ehrlich gesagt weiß ich nicht genau, ob man schon Döner kaufen kann, aber da wir den Neuen ja eh begrüßen wollten, dachte ich ..."

„Na gut, schauen wir uns mal an, was aus der Eisdiele geworden ist ... oder eben noch werden wird", gut gelaunt hakte sich Henriette bei Arne ein. Der war nicht ganz so begeistert von der Aussicht, eventuell doch nichts zu Essen zu bekommen.

„Wenn es bei Murat noch keine türkischen Spezialitäten gibt, spendiere ich dir das *TrudiSpezial am Morgen*", versprach Henriette, die spürte, dass Arne befürchtete, am Ende ohne Essen dazustehen. Augenblicklich entspannte sich Arne. Er hatte wirklich verdammt großen Hunger.

Als die drei wenig später vor der ehemaligen Eisdiele ankamen, staunten sie nicht schlecht. Der neue Eigentümer hatte in sehr kurzer Zeit sehr viel erreicht. So gut wie nichts erinnerte noch an die quietsch-bunte Bude, in der man noch vor wenigen Wochen das beste Eis der ganzen Gegend kaufen konnte. Stattdessen war der ganze Kiosk mit einem satten Rubinrot übermalt worden, das Henriette an die Pfingstrosen in ihrem Garten erinnerte. Über dem Verkaufstresen prangte in großen, goldenen Lettern: *Yilmaz' Dönerglück*. Links und rechts des Tresens gab es beleuchtete Speisekarten. Ein kurzer Blick darauf stimmte Henriette fröhlich, denn neben den für einen Döner-Imbiss typischen Gerichten wie Döner, Köfte oder Lahmacun gab es auch Manti, Mercimek Çorbası und einige weitere, für einen Imbiss eher ungewöhnliche, Speisen. Im Inneren des kleinen Häuschens werkelte ein junger, mittelgroßer Mann - Henriette schätzte ihn auf Mitte Zwanzig - mit lockigen, dunkelbraunen Haaren gerade an einer Fritteuse herum. Als er bemerkte, dass er beobachtet wurde, drehte er sich mit einem freundlichen Lächeln um.

„Merhaba! Was führt euch zu mir. Den weltbesten Döner kann ich euch leider erst in ein paar Tagen servieren. Irgendwie will die Elektrik nicht dasselbe, wie ich", er setzte eine gespielt beleidigte Miene auf, grinste dabei aber breit.

„Schade, die Speisekarte macht wirklich Lust auf Ihr Essen." Trudi war von der ungewöhnlichen Auswahl der Speisen anscheinend genauso angetan wie Henriette.

„Uh! Bitte nicht siezen. Ich bin Murat. Murat Yilmaz. Wir wollen doch Freunde werden."

„Sicher. Ich bin Trudi. Mir gehört *Trudis TörtchenTraum*, das kleine Café am Marktplatz. Und das sind Henriette, eine meiner besten Freundinnen und ihr Neffe Arne", stellte Trudi sie alle vor.

„Ich weiß, das klingt jetzt wahnsinnig unhöflich und ich entschuldige mich dafür, aber können wir dann bitte zurück zum Café und etwas essen?", quengelte Arne leicht unleidlich, während sein Magen ein deutliches Brummen von sich gab. „Ich habe den ganzen Tag noch nichts gegessen", erklärte er dem Besitzer der Döner-Bude. Der zog entsetzt die Augenbrauen hoch und griff beherzt in eine kleine Kühltasche.

„Hier mein Freund. Ist zwar kein Döner, aber trotzdem gut", mit einem Nicken hielt er Arne ein belegtes Brötchen hin.

„Sucuk?", fragte Arne, der völlig überrumpelt nach dem Brötchen griff.

„Ne, ganz einfache Salami aus dem Discounter."
Murat zuckte mit den Schultern, dann fuhr er leiser
fort: „Ganz ehrlich, ich mag Sucuk nicht
besonders."

Nach einem enorm großen Bissen von dem
Brötchen nuschelte Arne: „Danke!" und ein sehr
zufriedenes Lächeln breitete sich in seinem Gesicht
aus.

„Schätze, den ersten Freund hast du in
Kirchhausen gefunden", grinste Henriette, die das
glückliche Schmatzen ihres Neffen mit einem
Kopfschütteln kommentierte.

„Oh, ich hoffe doch, dass wir alle Freunde
werden." Murat untermauerte diese Aussage mit
einer weit ausholenden Geste seiner Arme.

„Wir werden sehen", mit einem koketten
Zwinkern drehte Trudi sich um und machte sich
mit übertrieben wackelnden Hüften auf den Weg
zurück.

„Wir sehen uns", verabschiedete sich auch
Henriette, und gemeinsam mit dem noch immer
kauendem Arne folgte sie Trudi.

„Auf Männerfang?", fragte Henriette, nachdem
sie einige Meter gegangen waren.

„Henni, bitte. Ich weiß ganz genau, wie alt ich
bin und dass Murat definitiv zu jung für mich ist."

„Aber gefallen hat er dir schon, oder?", hakte
Henriette bei ihrer Freundin nach.

„Ich würde mal sagen ...", Trudi tat so, als müsse sie schwer überlegen, „6 von 10 Punkten auf der Elvis-Skala."

Nachdem Arne bei Trudi noch ein extra großes Stück Apfelstrudel mit Vanillesoße gegessen hatte, informierte er seine Kollegen über alles, was er bisher herausgefunden hatte, damit die sich um eventuelle Angehörige und den ganzen anderen Kram kümmern konnten, der eben beim Fund einer Leiche so anfiel. Ein anschließender Blick auf die Uhr verriet ihm, dass es für einen erneuten Besuch beim Pfarrer viel zu früh war.

„Weißt du, wo dieser Kneitel wohnt?", fragte er Trudi. Wenn er Glück hatte, konnte er Andreas Kneitel noch heute Nachmittag befragen und im Anschluss dann den Pfarrer aufsuchen.

„Der wohnt direkt hinter der Schule", gab Trudi problemlos Auskunft.

„Dann werde ich mein Glück versuchen und gleich mal vorbeischauen. Vielleicht ist er ja daheim."

„Wenn es okay ist, werde ich hier auf dich warten. Nur auf gut Glück zur Schule und zurückzulaufen ist mir gerade ein wenig zu viel. Aber zum Pfarrer komme ich dann selbstverständlich wieder mit."

„Selbstverständlich. Du hast aber nicht vergessen, wer von uns beiden bei der Polizei ist und wer nicht?" Ein leichter Hinweis konnte nicht schaden, auch wenn Arne genau wusste, dass er es nie im Leben schaffen würde, seine Tante davon abzuhalten ihn zu begleiten. Wenn sie sich etwas in den Kopf gesetzt hatte, hielt sie vermutlich nicht einmal ein ganzes Polizeikommando auf. Er grinste und machte sich auf den Weg.

Als er bald darauf vor der ziemlich heruntergekommenen Gartentür von Andreas Kneitel stand, wusste er sofort, dass jemand zu Hause war. Aus einem halb geöffneten Fenster drang laute Rockmusik und da hinter war schemenhaft ein schmaler, mittelgroßer Mann zu erkennen. Arne straffte sich, atmete tief ein, dann ging er hinein und klingelte. Es brauchte einige Versuche, bevor das Klingeln gegen die Musik gewann und ein irgendwie ungepflegt wirkender Mann öffnete.

„Und?", blaffte der Mann Arne an. „Wenn dir die Mucke zu laut is', ruf die Bullen!"

„Das", setzte Arne an und konnte nur durch einen beherzten Griff zur Tür verhindern, dass der Mann ihm diese direkt wieder vor der Nase zuschlug, „wird sicher nicht nötig sein. Ich bin die Polizei." Mit der noch freien Hand zog Arne seinen Ausweis hervor. Er kannte Typen wie Andreas Kneitel. Ohne Ausweis lief da gar nichts.

„Und?", wiederholte der Mann noch immer extrem unfreundlich.

„Sind Sie, Herr Andreas Kneitel?", begann Arne seine Routine Befragung.

„Bin ich. Warum?"

„Besonders gesprächig scheint der Mann jedenfalls nicht zu sein", dachte Arne, bevor er fortfuhr. „Ich hätte nur kurz ein paar Fragen."

„Was'n für Fragen?" Noch immer stand Andreas Kneitel wie eine Wand in der Tür und machte keinerlei Anstalten, seinen Gast hinein zu bitten.

„Sie waren gestern Abend im Gasthof *Zur Linde*?"

„War ich."

„Und da hatten Sie dann eine kleine Auseinandersetzung mit einem gewissen Stefan Gormann."

„Mit wem?", Andreas Kneitel blickte Arne verständnislos an.

„Stefan Gormann ist der Mann, mit dem Sie am Tresen in einen Streit geraten sind."

„Ach der … hat der Idiot mich etwa angezeigt? Nur wegen dieser kleinen Rangelei?", Andreas rollte genervt mit den Augen.

„Also zum einen ist mir zu Ohren gekommen, dass es sich ganz und gar nicht um eine kleine, harmlose Rangelei gehandelt hat, sondern dass Sie Herrn Gormann unter anderem angesprungen und mit Prügel gedroht haben … aber nein, Herr Gormann hat sie nicht angezeigt. Hätte er wohl auch nicht gekonnt, denn Herr Gormann ist tot."

Nun kam doch ein wenig Leben in Andreas Kneitel. Ungläubig blickte er Arne aus weit aufgerissenen Augen an.

„Tot!?" Zunächst sah es so aus, als würde diese Nachricht die Haltung von Andreas Kneitel ändern und ihn zugänglicher machen. Doch dann wurde sein Blick wieder hart. „Und was geht mich das an?"

„Das weiß ich noch nicht", ließ Arne seinen Gegenüber etwas in der Luft hängen, bevor er fortfuhr: „Aber ich habe gehört, dass Sie die *Linde* kurz nach Herrn Gormann verlassen haben und die Kellnerin der *Linde* hat weiter ausgesagt, dass Sie in dieselbe Richtung gegangen seien wie kurz zuvor Herr Gormann. Sie meinte, es habe ausgesehen, als würden Sie ihm folgen", schloss Arne seine kurze Ansprache.

„Und?" Andreas versuchte sich unschuldig und völlig unbeteiligt zu geben, aber Arne sah sehr genau, dass er hinter seiner aufgeplüschten Fassade leicht nervös wurde. Das Thema Stefan Gormann gefiel ihm absolut nicht.

„Haben Sie Herrn Gormann verfolgt?"

„Nein. Warum sollte ich?"

„Vielleicht weil Sie noch eine Rechnung mit ihm offen hatten? Weil Sie sich nicht einfach so abwimmeln lassen wollten?", fragte Arne in einem viel zu liebenswerten Ton.

„Quatsch! Als ob mich das Kratzen würde, wenn sich der Idiot einfach feige aus dem Staub macht."

„Sie haben Herrn Gormann also nach der Rangelei im Gasthof nicht mehr gesehen?", hakte Arne noch einmal nach.

„Nein. Ich habe diesen Mann danach nicht mehr gesehen", bestätigte Andreas Kneitel. Arne glaubte ihm kein Wort. Arne hielt sehr viel von seinem feinen Gespür und hier spürte er definitiv, dass etwas faul war. Auf einmal wünschte er sich, seine Tante wäre bei ihm. Die hätte es auch gespürt. Ganz sicher.

„Nun dann nur noch der Klassiker: Wo waren Sie, nachdem Sie die *Linde* verlassen haben? Sagen wir so bis heute Morgen gegen vier Uhr dreißig?" Arne hatte bisher noch keine genaue Eingrenzung der Todeszeit durch den Pathologen bekommen und so blieb ihm nur das Fenster zwischen dem Verlassen des Gasthofes bis zum Auffinden heute früh.

„Dann habe ich jetzt auch einen Klassiker für Sie: Im Bett. Allein. Keine Zeugen. War's das dann?", Andreas blickte Arne provozierend an. Doch der ließ sich nicht aus der Ruhe bringen. Er kannte solche Typen einfach zu gut. Immer schön cool tun, auch wenn Ihnen eigentlich längst der Arsch auf Grundeis ging. Also lächelte Arne genüsslich und sagte dann: „Nur nochmal zum genauen Verständnis: Sie sind direkt von der *Linde* nach Hause in Ihr Bett gegangen?"

„Ganz genau."

„Gut, dann bedanke ich mich ganz herzlich und sollte ich doch noch weitere Fragen haben, melde ich mich einfach bei Ihnen", Arne lächelte ein süffisantes Lächeln und machte sich auf den Weg zurück zu *Trudis TörtchenTraum*. Selten hatte er jemanden so schlecht lügen sehen …

Nachdenklich schloss Andreas Kneitel die Tür hinter sich. Er blickte dem Kommissar nach, bis dieser hinter der Schule in Richtung Marktplatz abgebogen war. „Das dieser Stefan jetzt tot ist, ändert das was?", nachdenklich kratzte er sich das Kinn. „Nö, das ändert rein gar nichts!", sagte er sich. Sein Plan war einfach zu gut. So einfach war er schon lange nicht mehr an Bares gekommen. Er grinste. Natürlich war er dem Trottel gestern Abend gefolgt. Bis zum Haus des nervigen Pfaffen. Also genau genommen sogar bis zu dem geöffneten Fenster und was er dann so alles gehört hatte, war sehr, sehr interessant gewesen. Interessant und wie er hoffe auch äußerst lukrativ. Er grinste erneut, drehte die Musik wieder auf und griff sich den Stapel Altpapier. „Dann mal ran an die Arbeit", voller Schwung verteilte er die Zeitungen und Werbeprospekte auf dem Küchentisch, griff sich eine Schere und legte los …

🐱 Kapitel 3

Nachdem Arne Henriette - und natürlich auch Trudi - von seinem Besuch bei Andreas Kneitel berichtet hatte, natürlich nicht ohne dabei mehrmals zu betonen, wie wenig er ihm glaubte und wie sicher er sich sei, dass Herr Kneitel ihn angelogen hatte, blickte er den beiden in die Augen und wartete gespannt auf ihre Meinung. Die bekam er dann auch prompt.

„Du glaubst also, dass Andreas den Herrn Gormann umgebracht hat?", fragte Henriette verdutzt. Sie konnte sich kaum vorstellen, dass ihr Neffe sich so schnell und ohne Beweise ein Urteil bildete.

„Falls er umgebracht wurde und nicht doch einfach nur sehr unglücklich gefallen ist, steht Andreas Kneitel für mich jedenfalls ganz weit oben auf der Liste der Verdächtigen."

„Aber der Andi ist doch kein Mörder!" Trudi schüttelte vehement den Kopf. „Ich meine, nur weil einer mal einen geklauten Autospiegel verkauft oder im Biergarten pöbelt, ist er doch nicht gleich ein eiskalter Killer!"

„Man muss kein eiskalter Killer sein, um jemanden zu töten. Wie gesagt, vielleicht hat er ihn geschubst, oder geschlagen und dann ist Herr Gormann gefallen ...", gab Arne zu bedenken. „Ich weiß nur, dass dieser Andreas mir ohne mit der

68

Wimper zu zucken ins Gesicht gelogen hat. Wieso und warum werde ich sicher bald herausfinden."

„Vielleicht hat er gelogen, aber getötet sicher nicht!" Trudi blieb dabei. Andreas Kneitel war mit Sicherheit ein Raufbold und nicht immer der Hellste, aber das war es dann auch.

„Wie dem auch sei", unterbrach Henriette die Diskussion der beiden, bevor sie ausarten konnte, "am Ende wird Arne alles aufklären. Und nun", sie sah auf ihre Uhr, „wird es Zeit, zum Pfarrer zu gehen." Henriette erhob sich und Arne tat es ihr gleich.

Dieses Mal war der Pfarrer daheim. Mit einem irgendwie aufgesetzt wirkenden Lächeln bat sie die Haushälterin in die Küche, in der der Pfarrer bereits mit einer dampfenden Tasse Tee am Küchentisch saß. Als Henriette und Arne in die Küche traten, erhob sich der Geistliche und begrüßte sie freundlich.

„Herr Kommissar, Frau Weber. Meine Haushälterin hat mir schon berichtet, dass Sie mich noch einmal sprechen wollen. Bitte setzten Sie sich doch", mit einem Lächeln deutete er auf die freien Plätze am Tisch. „Eva, würden Sie unseren Gästen bitte auch einen Tee bringen. Heute Abend gibt es Granatapfel-Minze. Sehr bekömmlich und erfrischend."

Während Eva Berg sich daran machte, Arne und Henriette je eine frische Tasse Tee zu bringen, fragte der Pfarrer noch immer lächelnd: „Womit kann ich Ihnen denn nun behilflich sein?"

Henriette fragte sich, ob dieses Lächeln eine Art Berufskrankheit war, während Arne mit seiner Befragung begann.

„Erst einmal möchte ich mich dafür bedanken, dass Sie uns erneut Ihre Zeit opfern."

„Oh bitte, sagen Sie nicht opfern. Das klingt so negativ. Sagen wir doch lieber *Zeit schenken*." Wieder dieses Lächeln. Henriette machte das langsam, aber sicher irre.

„Schön … ich muss Ihnen noch ein paar Fragen zu dem Toten von heute Morgen stellen."

„Das habe ich mir natürlich schon gedacht." Lächeln.

„Sie haben heute Morgen zu mir gesagt, dass Sie den Toten noch nie gesehen und auch keine Ahnung hätten, wer er sei oder was er hier gewollt haben könnte", begann Arne nun mit seiner typischen Polizeistimme.

„Das ist korrekt." Noch immer das Lächeln.

„Und da sind Sie sich ganz sicher?", hakte Arne ruhig und freundlich nach, während er die beiden gefundenen Fotos aus seiner Hosentasche kramte.

„Natürlich. Sie müssen wissen, dass ich ein ziemlich gutes Personengedächtnis habe."

„Wie steht es denn dann mit der Frau, die hier so entspannt neben Ihnen sitzt? Das sind doch Sie? Oder etwa nicht?"

Mit gerunzelter Stirn betrachtete der Geistliche das Foto. Erst gestern hatte er eine Kopie genau dieses Bildes in den Händen gehalten. Es war eines der Bilder, die Stefan Gormann ihm auf den Küchentisch gelegt hatte.

Mit dem Hauch einer Genugtuung realisierte Henriette, dass das aufgesetzte Lächeln des Pfarrers leicht ins Wanken geraten war. Außerdem hatte sie den Eindruck, dass er einen inneren Monolog mit sich darüber abhielt, wie viel er ihnen wohl oder übel erzählen musste. Schließlich rang er sich ein: „Ja, der Mann auf diesem Foto bin ich." ab.

„Und die junge Frau?"

Henriettes Blick klebte nun förmlich an dem Gesicht des Geistlichen. Sie wollte auf keinen Fall eine Regung - und sei sie noch so klein - verpassen. Henriette war sich sicher, dass sich der Pfarrer sehr gut unter Kontrolle hatte und dass man es vermutlich kaum bemerken würde, sollte er lügen.

Der Pfarrer zögerte kurz, doch dann sagte er für seine Verhältnisse relativ leise: „Das ist Martina. Martina Gormann."

„Und in welcher Beziehung standen oder stehen Sie zu Frau Gormann?"

„Wenn ich mich richtig erinnere, hat sie sich damals um den Blumenschmuck für die Kirche gekümmert."

Noch immer ließ Henriette den Mann nicht aus den Augen. Als er den Namen der jungen Frau vorhin ausgesprochen hatte, hatte sie ein klitzekleines Leuchten in seinen Augen sehen können. Ein Leuchten, dass auf eine schöne, aber längst vergangene Zeit hindeutete. Doch nun hatte der Pfarrer wieder sein Geistlichen-Lächeln aufgesetzt und wirkte genauso unnahbar wie vorher. „Irgendwie mag ich ihn nicht", dachte Henriette und wünschte sich, sie wäre öfter mal in der Kirche gewesen. Dann hätte sie einen Vergleich gehabt und hätte besser beurteilen können, ob der Pfarrer immer so angespannt und unpersönlich wirkte oder ob es einfach an der aktuellen Situation lag, dass er bei Henriette einen so unglaublich verkniffen Eindruck hinterließ.

„Der Pfarrer scheint nicht gerade der redseligste zu sein", dachte Arne und beschloss ein wenig Tempo in das Gespräch zu bringen. Schließlich wollte er nicht den ganzen Abend hier sitzen.

„Also ich sehe auf dem Foto weder Blumenschmuck noch eine Kirche. Ich sehe da nur ein eng aneinander gekuscheltes junges Pärchen." Arne blickte dem Pfarrer direkt in die Augen.

„Das stimmt natürlich …"

„Und?!", langsam wurde Arne ungeduldig.

„Hören Sie, ich weiß nicht mehr, wann und unter welchen Umständen dieses Bild entstanden ist. Ich weiß auch nicht, was das mit dem Toten im Klara von Assisi Brunnen zu tun haben soll."

„Uh", dachte Henriette, „das gefällt ihm aber gerade gar nicht."

„Vielleicht hilft es Ihnen ja, wenn Sie sich jetzt noch dieses Foto ansehen würden." Arne reichte dem Pfarrer das zweite Bild. Der Pfarrer betrachtete das Bild eingehend, bevor er den Kopf schüttelte.

„Ich nehme an, dass die Frau hier Martina ist?", fragte der Pfarrer.

„Richtig. Das ist Martina Gormann mit ihrem Sohn", stellte Arne den Pfarrer vor vollendete Tatsachen, die er eigentlich noch gar nicht hatte. Immerhin hatte er bisher keine Bestätigung für seine Vermutung, dass es sich bei dem Jungen um den Sohn von Martina Gormann handelte.

„Nett." Und das Lächeln war komplett zurück.

„Ja, richtig nett."

Henriette konnte hören, dass Arne kurz vor dem Platzen war. Die Einsilbigkeit des Pfarrers fing an, ihn zu nerven.

„Und fällt Ihnen außer *nett* vielleicht noch etwas anderes dazu ein? Eventuell ja die Antwort auf die Frage, wieso der Tote diese beiden Bilder bei sich hatte?"

„Das ist also der Zusammenhang? Der Tote hatte Bilder von Martina Gormann bei sich und weil Sie mich als den jungen Mann auf dem ersten Bild erkannt haben, … ja was eigentlich?", mit einer wirklich schlecht aufgesetzten Unschuldsmiene blickte der Geistliche Arne fragend an.

„Okay. Genug mit dem freundlichen Small-Talk. Mir fehlt einfach die Zeit, um weiter so sinnfrei um die Dinge herum zu manövrieren. Deswegen nun mal ganz einfach und konkret: Haben Sie den Toten vielleicht doch schon vor seinem Ableben gesehen oder getroffen? Und ich will jetzt nicht wieder irgendwelche Phrasen. Ich will eine ehrliche Antwort, ansonsten kann ich Sie auch gerne auf das Revier bitten." Aus Arnes Stimme war jegliche Freundlichkeit gewichen und das Gesicht des Pfarrers verriet, dass er den Ernst der Lage begriffen hatte. Er nahm einen tiefen Schluck aus seiner Teetasse, straffte die Schultern und gab Arne endlich mehr als einen Satz.

„Sie haben Recht. Der Tote war schon einmal bei mir. Er hat sich gestern in den Beichtstuhl geschlichen und behauptet, er sei mein Sohn. Was natürlich völliger Blödsinn ist. Ich habe ihm angeboten, nach der Messe zu mir ins Pfarrhaus zu kommen, damit wir in aller Ruhe miteinander reden können. Wissen Sie, ich habe durch meine Tätigkeit als Pfarrer immer wieder mit verwirrten Menschen zu tun und ich sehe es als meine Profession an, den Menschen durch Zuhören und hin und wieder natürlich auch durch Ratschläge oder konkrete Hilfsangebote zu helfen."

„Und kam der Mann am Abend erneut zu Ihnen?"

„Ja. Punkt neun Uhr war er bei mir. Eine Wohltat, wenn man bedenkt, dass es heutzutage kaum noch Menschen gibt, die Wert auf Pünktlichkeit legen. Wir haben einen Tee zusammen getrunken und dann hat er wieder damit angefangen, dass ich sein Vater sei. Er hat allen Ernstes die Dreistigkeit besessen hier in meinem Heim zu behaupten, dass ich Martina Gormann geschwängert hätte!", echauffiert strich sich der Geistliche durch die verbliebenen Haare.

Henriette hätte nicht damit gerechnet, dass der Pfarrer doch noch die Haltung verlieren würde. Sie überlegte, wie sie dieses Verhalten einordnen sollte.

„Also hatten Sie sehr wohl ein engeres Verhältnis mir Martina Gormann?", wollte Arne wissen.

„Nein, ... doch ... aber doch nicht so ...", stammelte der Pfarrer nun sichtlich aufgebracht.

„Sondern?", ließ Arne nicht locker.

„Hören Sie, das alles ist Jahrzehnte her. Ich war Anfang 30, neu in Kirchhausen, neu in meinem Amt ... und ja, vielleicht habe ich Martina hin und wieder getroffen und vielleicht auch näher, als es der Kirche lieb wäre, aber ich habe sie doch nicht geschwängert!"

„Und da sind Sie sich ganz sicher?"

„Sie war dann plötzlich weg. Ohne ein Wort. Sie hat niemanden etwas gesagt. War einfach fort. In einer Nacht und Nebel Aktion hat sie ein paar Sachen gepackt und hat Kirchhausen verlassen. Ich habe nie wieder etwas von ihr gehört ...", der Pfarrer schien tief in Gedanken, „und dann stand da gestern plötzlich dieser Mann in meiner Kirche ..."

75

„Dem Sie nicht geglaubt haben."

„Natürlich nicht!"

„Nun gut. Wie ging der Besuch denn dann zu Ende?" Arne hatte im Moment keine Lust mehr, sich mit den privaten Eskapaden dieses Mannes auseinanderzusetzen. Das würde er vermutlich noch früh genug tun müssen, wenn seine Kollegen ihm bestätigt hatten, dass das Kind auf dem Bild wirklich Stefan Gormann war. Für den Moment genügte es ihm völlig zu erfahren, wann der Pfarrer seinen Besucher zuletzt lebend gesehen hatte.

„Um ehrlich zu sein, haben mich die Anschuldigungen dieses Mannes ziemlich in Rage gebracht, weswegen er vorgeschlagen hat, mich eine Nacht über das Gehörte schlafen zu lassen. Er wollte am nächsten Abend wiederkommen."

„Wie spät war es, als Herr Gormann ging?"

„Ich habe nicht auf die Uhr gesehen, aber ich würde sagen so gegen Viertel vor zehn."

„Und haben Sie eventuell gesehen, in welche Richtung er gegangen ist?"

„Nein. Ich habe ihn nicht zur Tür begleitet. Ich war - wie Sie sicher verstehen werden - doch recht aufgewühlt."

„Das verstehe ich in der Tat." Arne erhob sich und Henriette tat es ihm gleich. „Wir werden uns dann verabschieden, aber ich bin mir sicher, dass wir uns schon recht bald wiedersehen werden."

Arne und Henriette waren fast an der Tür angekommen, als Henriette sich noch einmal zum

Pfarrer umdrehte und fragte: „Was hat Herr Gormann eigentlich konkret von Ihnen gewollt? Ich meine, er wird doch sicher nicht nur hierher gekommen sein, um zu verkünden, dass er Ihr Sohn ist, und das war es dann. Wollte er Geld? Hat er Sie erpresst?" Neugierig blickte sie den Pfarrer an.

„Was! Nein! Er wollte kein Geld ...", erschrocken blickte der Geistliche Henriette an.

„Aber er wollte etwas?"

„Ich weiß nicht, was er wollte." Der Pfarrer schaute Henriette an und versuchte sich an seinem Lächeln, doch es gelang ihm nicht …

Schweigend entfernten sich Henriette und Arne etliche Meter vom Pfarrhaus, bevor Arne seine Tante ansah und fragte: „Und, was hältst du von dem Ganzen?"

„Auf jeden Fall bin ich mir sicher, dass er uns in Bezug auf sein Verhältnis zu Martina Gormann nicht alles erzählt hat und über das Gespräch mit Stefan Gormann auch nicht. Und ich finde sein aufgesetztes Lächeln mehr als gruselig", während sie das sagte, machte sie eine fiese Lächel-Grimasse, die Arne an den Horror-Clown Pennywise aus dem Film *Es* erinnerte. Er lachte.

„Jetzt machst du mir fast ein wenig Angst."

Henriette hörte mit dem Grinsen auf und Arne fuhr fort: „Ich sehe das genauso wie du. Der gute Herr Pfarrer hat vielleicht nicht unbedingt gelogen, aber alles hat er uns bestimmt nicht erzählt."

„Oh, ich denke schon, dass er gelogen hat. Ich bin mir sicher, dass Stefan Gormann etwas von ihm wollte."

„Und hast du auch eine Idee, was er gewollt haben könnte?", fragte Arne neugierig. Er gab viel auf die Intuition seiner Tante.

„Leider nein. Vielleicht war es doch Erpressung ..."

„Eventuell kommen uns ja passende Ideen, wenn ich mit meinen Kollegen den Hintergrund von Stefan Gormann durchleuchtet habe. Vielleicht hatte er ja wirklich Geldprobleme und hat auf einen warmen Segen vom Herrn Papa gehofft."

„Warmen Segen? Ein schlechterer Kalauer ist dir wohl gerade nicht eingefallen?" Henriette zog die Augenbrauen hoch.

„Wie dem auch sei", Arne seufzte. „Ich fürchte, ich werde dich jetzt verlassen und mich wie gesagt noch eine Weile mit den üblichen Schreibtischarbeiten befassen."

„Tu das. Aber vergiss nicht wieder, dass nur ein ausgeschlafener Körper auch leistungsfähig ist." Henriette blickte ihren Neffen mit einem gespielt strengen Blick an. Ungern erinnerte sie sich an den letzten Mordfall, den ihr Neffe bearbeitet hatte und wie wenig Schlaf er damals bekommen hatte. Arne umarmte seine Tante und küsste sie zum Abschied leicht auf die Wange, dann drehte er sich um und verschwand in Richtung Bahnhofstraße, wo er, so vermutete es Henriette, sicherlich seinen dschungelgrünen Skoda Yeti heute Morgen abgestellt hatte. Immerhin lag die Bahnhofstraße direkt hinter St. Nikolaus und bot immer genügend Parkplätze. Henriette hingegen musste genau in die andere Richtung. Sie freute sich über die Gelegenheit, einen kleinen Abendspaziergang machen zu können. Auf Höhe des Rathauses kam sie an einer kleinen Menschenansammlung vorbei. Sie erkannte unter ihnen auch einige Frauen des Kirchenchores. Die Frauen schienen sich, wie nicht anders zu erwarten, aufgeregt über den Todesfall zu unterhalten. Bruchstückhaft vernahm Henriette Sätze wie: „... soll brutal zu Tode geprügelt worden sein ... eine riesige Sauerei ... angeblich soll ja der komische Neue aus dieser Döner-Bude abends auf dem Marktplatz herumgeschlichen sein ... die Liesl hat's genau gesehen ... das glaube ich nicht ... Mafia ... gibt es überhaupt eine türkische Mafia? ... Schutzgeld für die Döner-Bude ... Andreas Kneitel ... Prügelei in der *Linde* ... der Andi ist doch kein Mörder, aber den Neuen, den kennt man halt noch nicht ..."

Henriette seufzte. Der Dorftratsch war in vollem Gange. Im Grunde nichts Ungewöhnliches und auch nichts, was Henriette interessieren oder beunruhigen würde. Nur die Rederei über den Neuen, also über Murat, gefiel ihr gar nicht. Solche Gerüchte konnten seine Existenz vernichten, bevor sie überhaupt begonnen hatte. Von der Unmöglichkeit, sich normal in die

Dorfgemeinschaft zu integrieren, ganz zu schweigen. Sie nahm sich vor, Murat schnellstmöglich zu fragen, ob er am Tatabend tatsächlich auf dem Marktplatz war. Sie konnte sich zwar beim besten Willen nicht vorstellen, dass er irgendetwas mit dem Tod an Stefan Gormann zu tun hatte, aber natürlich wollte sie den Gerüchten trotzdem nachgeben, schon um Murat möglichst schnell aus der dörflichen Schusslinie zu holen. „Murat ein eiskalter Mörder", ungläubig schüttelte Henriette den Kopf. Natürlich kannte sie den netten jungen Mann im Grunde gar nicht, aber alles in ihr weigerte sich, sich Murat als Schwerverbrecher vorzustellen und bisher hatte ihr Bauchgefühl sie noch nie getäuscht.

🐈 Kapitel 4

Der nächste Morgen begann für Henriette mit einem Knuspermüsli, in das sie die restlichen Erdbeeren vom Vortag schnippelte und für die Katzen mit einer Portion *Truthahn und Kabeljau.*

Direkt nach dem schnellen Frühstück machte Henriette sich auf den Weg zum Zeitungskiosk. Ihre heiß geliebte *Knobel-Box* erschien heute, ein Rätselheft, das im Gegensatz zu den meisten anderen nicht jede Woche die gleichen Fragen im Schwedenrätsel hatte.

Natürlich war der Tote vom Assisi Brunnen auch im Zeitungsladen *das* Thema, schon weil Manuel Paulsen nicht müde wurde, jedem Kunden in aller Ausführlichkeit zu erzählen, wie er den Toten gefunden hatte. Schnell bekam Henriette mit, dass auch hier bereits die Runde gemacht hatte, dass ja eventuell die türkische Mafia Einzug in Kirchhausen gehalten hatte. „Ich muss wirklich schnellstmöglich zu Murat", dachte Henriette und verließ den Laden, die *Knobel-Box* sicher in ihrer Umhängetasche verstaut. Vor der Tür stieß sie fast mit Eva zusammen.

„Ups, Hallo Eva. Was machen die Chorproben?"

„Hallo Henriette. Die Proben laufen den Umständen entsprechend eigentlich ganz gut. Sag mal, ich will ja nicht neugierig sein, aber dass der Tote Gormann heißt, stimmt das?"

„Ja, Stefan Gormann. Wieso fragst du?"

„Der hat jetzt aber nicht rein zufällig etwas mit Martina Gormann zu tun, oder?",fragte Eva weiter.

„Das weiß ich ehrlich gesagt nicht sicher und selbst wenn ..."

„Dürftest du mir nichts dazu sagen. Ich verstehe schon. Es ist ja auch nur, weil ich nicht wirklich an seltsame Zufälle glaube."

„Was meinst du?", Henriette versuchte es auf die unwissende Tour. Allerdings war sie natürlich schon interessiert daran, was Eva ihr über Martina Gormann erzählen konnte.

„Weißt du, ich kannte einmal eine Martina Gormann. Recht gut sogar ... dachte ich jedenfalls, bis sie in einer Nacht und Nebel Aktion verschwand und sich bis auf eine klägliche Postkarte ein paar Wochen später nie wieder bei mir gemeldet hat."

„Woher kanntest du Frau Gormann?"

„Wir haben zusammen in der *Blumenwiese* gearbeitet. Dem Blumenladen in der Bahnhofstraße. Ich war damals gerade mit meiner Ausbildung fertig und Martina fing eine Ausbildung an. Wir haben uns auf Anhieb verstanden, haben viel gemeinsam unternommen ..."

Henriette konnte deutlich sehen, wie Eva in Erinnerungen schwelgte.

„Und dann?", Henriette wollte selbstverständlich wissen, was mit Martina Gormann geschehen war.

„Tja, wie gesagt. Eines morgens kam sie einfach nicht zur Arbeit. Das Zimmer, das sie gemietet hatte, sah aus wie immer. Nur ein paar ihrer Sachen haben gefehlt."

„Und du weißt nicht, warum sie so plötzlich ohne ein Wort verschwunden ist?"

„Wissen? Nein. Aber eine Ahnung hatte ich schon", sagte Eva in leicht verschwörerischen Ton.

„Nämlich?" Nun war Henriette wirklich gespannt. Lag in Evas Wissen vielleicht ein Hinweis auf ein mögliches Mordmotiv?

„Martina war schwanger."

„Aber das ist doch kein Grund unterzutauchen", gab Henriette zu bedenken.

„Eigentlich nicht … es sei denn, es sollte niemand davon wissen." Wieder so ein verschwörerischer Blick.

„Warum sollte man so etwas denn nicht wissen dürfen?" Natürlich konnte sich Henriette einige Szenarien vorstellen, bei denen man eine Schwangerschaft lieber geheim hielt, aber sie hoffte doch sehr, dass Eva wusste, von wem das Kind war und es ihr unbedacht heraus rutschte. Eventuell ja doch vom Pfarrer?

„Na, weil es vielleicht aus einer … na sagen wir mal *delikaten Beziehung* stammt, zum Beispiel."

Voller Spannung sah Henriette Eva an, zog fragend die Augenbrauen hoch und wartete.

„Vielleicht war der zukünftige Vater ja schon vergeben?" , mutmaßte Eva leise.

„Du meinst, sie hatte ein Verhältnis mit einem verheirateten Mann?", das war nicht das, worauf Henriette gehofft hatte.

„Wäre doch möglich. Ich weiß nur, dass Martina sich hin und wieder mit jemanden getroffen hat, auch wenn sie es nie zugegeben hat. Aber mal ehrlich Henriette, man merkt doch, wenn sich eine junge Frau für ein Date fertig macht", grinsend zwinkerte Eva Henriette zu.

„Aber wenn sie dir nicht einmal gesagt hat, dass sie sich mit jemanden trifft, woher wusstest du dann, dass sie schwanger war?", fragte Henriette, die aufgrund dieser Ungereimtheit Angst bekam, dass Eva ihr nur ziemlich alten Tratsch erzählte.

„Erst hat sie plötzlich keinen Alkohol mehr getrunken, und glaub mir, Martina war vorher keine Kostverächterin, wenn du verstehst, was ich meine."

Henriette nickte verstehend.

„Und dann war ihr öfter nicht gut. Es gab Tage, da kam sie kaum von der Schüssel weg und an essen war nicht zu denken. Tja, und da hab ich sie dann eben irgendwann direkt gefragt und sie hat dann ziemlich kleinlaut zugegeben, dass sie ein Kind erwartet."

„Aber sie hat auch da noch nicht gesagt von wem?", hakte Henriette vorsichtig nach.

„Nein. Darüber wollte sie absolut nicht reden. Ich habe damals ja vermutet, dass es irgendein älterer, wohlsituierter, verheirateter Mann war, der im Leben nicht zugegeben hätte Martina, geschwängert zu haben."

„Und dann war sie plötzlich weg", brachte Henriette das Gespräch zum Anfang zurück.

„Über Nacht." Eva nickte. „Und nun ist da an die vierzig Jahre später dieser Tote in unserem Brunnen und hat denselben Nachnamen ...", schloss Eva und sah Henriette fragend an.

„Also glaubst du, dass unser Toter das uneheliche Kind deiner ehemaligen Freundin Martina ist."

„Wie gesagt, ich glaube nicht an seltsame Zufälle."

Als Henriette kurze Zeit später wieder zu Hause ankam, wurde sie bereits von Munin erwartet, der auf Henriettes Gartentor saß und sich in aller Ruhe sein Gefieder putzte. Kaum hatte er Henriette erspäht, gab er ein lautes „Kraah" von sich, flog auf sie zu und ließ sich vorsichtig auf ihrer Schulter nieder.

„Munin, mein Freund. Willst du mich einfach nur besuchen, oder bist du mal wieder auf Räubertour?", ganz sanft strich Henriette dem Raben über seinen Kopf. Der genoss diese kleine Streicheleinheit sichtlich. Genüsslich legte er seinen Kopf schief und stupste Henriette seinerseits leicht mit dem Schnabel an.

„Du alter Charmeur", Henriette lachte. Gemeinsam gingen die beiden ins Haus. In der

Küche hüpfte der Rabenvogel auf den Tisch und sah Henriette erwartungsvoll an.

„Also doch auf Räubertour." Verschmitzt schnaufend holte Henriette eine Nuss aus einer Dose, in der sie immer genügend Leckereien für Munin auf Vorrat hatte, und legte sie vor dem Vogel auf den Tisch. Zufrieden zerhackte Munin die Nuss und ließ es sich schmecken. Henriette fiel auf, dass weder Mycroft noch Mrs Hudson im Haus zu sein schienen, jedenfalls kam niemand, um sich auch ein Leckerli zu erbetteln. „Vermutlich sind die beiden im Garten und genießen in irgendeinem meiner Gemüsebeete das schöne Wetter", dachte Henriette, griff sich eine kunterbunte Teetasse und brühte sich einen Hagebuttentee auf. Dann schnappte sie sich das Telefon und ging mit beidem nach draußen, wo sie es sich in einem ihrer Gartenstühle bequem machte und die Nummer von Arne wählte. Sofort nachdem er das Gespräch angenommen hatte, war ihr klar, dass er in seinem Auto unterwegs war.

„Du bist unterwegs. Störe ich?", fragte sie deswegen als Erstes. Schließlich wusste sie weder, ob er allein im Auto war, noch ob er sich gerade besonders konzentrieren musste.

„Tante Henni, du störst doch nie."

„Wer´s glaubt ..."

„Was gibt es denn?", fragte Arne, der sich sicher war, dass seine Tante nicht ohne Grund anrief, sondern vermutlich über den Toten reden wollte.

„Ich habe heute Eva Berg getroffen."

„Wen?"

„Eva Berg, du weißt schon, die Chorleiterin von St. Nikolaus."

„Ach ja, ich erinnere mich. Und?"

„Sie hat mir erzählt, dass sie früher ziemlich gut mit einer gewissen Martina Gormann befreundet war. Sie hat mir ihr zusammen in der *Blumenwiese* gearbeitet und glaubt nicht an seltsame Zufälle."

„Zufälle?"

„Wie du dir ja sicher denken kannst, weiß mittlerweile der ganze Ort, wie der Tote heißt und Eva glaubt deswegen, dass der Tote, also Stefan Gormann, der uneheliche Sohn eben jener ehemaligen Freundin Martina ist. Das ein Gormann, der nicht mit Martina verwandt ist, in Kirchhausen auftaucht, egal ob nun tot oder lebendig, kann für sie kein Zufall sein."

„Ich hoffe, du hast ihr nicht gesagt, dass der Pfarrer eventuell der Vater von Herrn Gormann ist?", Arne war eine leicht aufkeimende Panik deutlich anzuhören.

„Also bitte, für was für eine Tratschtante hälst du mich!?" Henriette war empört, weil Arne auch nur eine Sekunde an ihrer Integrität und ihrem Verstand zweifeln konnte. Als ob sie nicht ganz genau wüsste, dass das eine Information war, die solange wie möglich nicht die Runde im Ort machen sollte. Man stelle sich nur vor, dass der ganze Ort über eine mögliche Vaterschaft des

Pfarrers tratscht, und nachher ist er es tatsächlich doch nicht. Am Ende hat Martina ihren Sohn vielleicht doch angelogen, aus welchen Gründen auch immer. Henriette ging die Andeutung von Eva durch den Kopf, die so fest überzeugt davon war, dass Martina damals untergetaucht ist, weil der Vater ihres Ungeborenen verheiratet gewesen war …

„Entschuldige Tante Henni. Natürlich weiß ich, dass du so brisante Informationen nicht einfach so rausposaunen würdest."

„Danke. Aber lass uns zum Thema zurückkommen. Eva hat gewusst, dass Martina schwanger war ..."

„Und wusste sie auch von wem?", unterbrach Arne seine Tante voller Hoffnung auf einen weiteren Hinweis auf eine Vaterschaft des Geistlichen.

„Nein, wusste sie leider nicht. Anscheinend hat Martina ein großes Geheimnis daraus gemacht, mit wem sie sich getroffen hat."

„Kein Wunder. Ich schätze, niemand würde damit hausieren gehen, dass er ein Verhältnis mit dem örtlichen Pfarrer hat", gab Arne zu bedenken.

„Da hast du sicher recht", stimmte Henriette ihrem Neffen zu. „Eva meinte, dass sie den Eindruck hatte, Martina würde sich mit einem älteren, verheirateten Mann treffen."

„Naja, der Pfarrer war ja älter als Martina und irgendwie ja auch verheiratet. Wenn auch nicht mit

einer Frau, sondern mit der katholischen Kirche …
oder dem Priesteramt … "

„Kann es sein, dass du dich ein wenig auf
unseren werten Herrn Pfarrer eingeschossen hast?",
fragte Henriette und klang dabei ein wenig
schnippisch.

„Wenn du von mir wissen willst, ob ich den
Pfarrer für den Täter halte … keine Ahnung … ich
sehe da den Kneitel immer noch ganz weit oben in
meiner Liste. Aber was die Frage nach einer
möglichen Vaterschaft angeht … doch, ich kann
mir ziemlich gut vorstellen, dass euer Pfarrer sein
Gelübde damals eventuell nicht wirklich
eingehalten hat. Du hast doch selbst gesagt, dass du
ihm nicht glaubst."

„Tue ich auch nicht. Irgendetwas hat er vor uns
geheim gehalten. Außerdem war dieses unechte
Lächeln einfach nur gruselig", Henriette schüttelte
sich bei dem Gedanken an dieses, wie in Stein
gemeißelt wirkende, Grinsen. „Wohin fährst du
eigentlich gerade?"

„Ich bin auf dem Weg nach Kirchhausen. Ich
will die Haushälterin des werten Herrn Pfarrers
besuchen. Vielleicht hat sie ja zufällig etwas von
dem Gespräch zwischen Vater und Sohn
mitangehört."

„Vorsichtig Herr Kommissar, keine voreiligen
Schlüsse. Noch hast du keinen Beweis dafür, dass
unser ehrenwerter Pfarrer ein Verhältnis mit
Martina hatte", rief Henriette ihrem Neffen mit

einem gedanklich erhobenen Zeigefinger ins Gedächtnis, bevor sie fortfuhr: „Ich werde dich begleiten."

„Ich habe bereits einen Assistenten."

„Der ist aber weder gerade bei dir, noch kennt er Theresia", konterte Henriette gewieft.

„Warum wundert es mich nicht, dass du Frau Hein kennst?", Arne seufzte tief.

„Weil du ein schlauer Kerl bist und dir natürlich klar sein muss, dass man sich in einem so kleinen Ort eben kennt. Vor allem wenn man im selben Jahr geboren wurde."

Arne brauchte seine Tante nicht sehen, um zu wissen, wie sie jetzt Augenbrauen hochzog und dabei leicht lächelte.

„Ob du es glaubst oder nicht, dass ihr gleich alt seid, wusste ich bereits. Ich mache hin und wieder meine Hausaufgaben und informiere mich über die Menschen, die ich zu befragen gedenke."

„Wir sind nicht gleich alt. Theresia hatte bereits Geburtstag. Ich - wie du hoffentlich weißt - noch nicht!" Henriette tat empört.

„Seit wann bist du so eitel und haderst mit deinem Alter, Tante Henni?" Arne konnte sich ein Lachen gerade noch verkneifen.

„Holst du mich ab, oder treffen wir uns vor der Kirche?", überging Henriette diese Stichelei, wobei sie ebenfalls ein leichtes Lachen unterdrücken musste.

„Widerstand meinerseits ist vermutlich zwecklos?", versuchte Arne seine Tante doch noch dazu zu bringen, Daheim zu bleiben und ihn seine Arbeit alleine machen zu lassen.

„Wie ich bereits sagte, du bist ein schlauer Kerl."

„Und du hartnäckig wie immer. Bleiben Sie, wo Sie sind, ich hole Sie ab, Watson."

„Sehr zuvorkommend Sherlock…"

Nur wenige Minuten nach dem Telefonat bog Arnes Wagen in Henriettes Straße ein, wo diese bereits vor ihrem Gartentor wartete und wild zu winken begann, als sie den dschungelgrünen Skoda ihres Neffen erkannte.

„Vertreibst du Mücken?", begrüßte Arne seine Tante schmunzelnd.

„Nein, Elefanten", konterte diese.

„Touché!"

„Schön, genug geplänkelt. Hast du Neuigkeiten zu Martina Gormann und ihrem vermeintlichen Sohn?", brachte Henriette das Gespräch in ernstere Gefilde.

„Nicht's, was du nicht vor mir wusstest. Vor 40 Jahren hat eine gewisse Martina Gormann ihren Wohnsitz in Hamburg angemeldet. Stefan Gormann ist dann anscheinend 2001 in eine eigene Wohnung am Stadtrand gezogen. Gemeldet war er jedenfalls ab Mai 2001 in einer Wohnung in Hamburg Altengamme. Vor zwei Jahren ist er allerdings zurück nach Altona. Dort, genauer genommen im Stadtteil Sternschanze, waren dann sowohl er als auch seine Mutter gemeldet. Nach dem Tod seiner Mutter scheint Stefan dort alleine weiter gelebt zu haben. Die Hamburger Kollegen werden sich die Wohnung ansehen, aber wenn ich ehrlich bin, glaube ich nicht, dass sie viel Hilfreiches finden werden. Ich habe ihnen gesagt, dass sie nach einer Verbindung von Martina oder Stefan Gormann nach Kirchhausen umsehen sollen. Da es, so wie es im Moment aussieht, keine Verwandten, also wohl auch keine Erben geben wird, wird die Wohnung erst einmal versiegelt. Wer weiß, vielleicht muss ich die Tage selbst nach Hamburg ..."

Und wie steht es nun um die finanzielle Lage der Gormanns?"

„Du meinst, ob doch Erpressung in Frage käme?"

„Genau."

„Kollege Müller kümmert sich darum. Aber so auf den ersten Blick sieht es nicht so aus, als hätte Stefan Gormann in finanziellen Schwierigkeiten gesteckt. Eher im Gegenteil."

„Was meinst du mit *eher im Gegenteil?*", hakte Henriette nach.

„Ein erster Check der Konten zeigt ein deutliches Guthaben und wenn ich deutlich sage, dann meine ich auch *wirklich* deutlich. Wenn sich bei näherer Betrachtung also nicht noch irgendwo versteckte Finanzlöcher auftun, würde ich sagen, dass unser

Toter ein recht vermögender junger Mann war. Womit Erpressung als Motiv wohl ausfällt."

„Es sei denn, es ging nicht um Geld ...", gab Henriette zu bedenken und Arne nickte.

Arne parkte seinen Wagen erneut in der Bahnhofstraße hinter dem Kirchengelände. Galant öffnete er seiner Tante die Beifahrertür und half ihr aus dem Auto.

„Jetzt fühle ich mich richtig alt." Mit einem gespielten Schmollen hakte sich Henriette bei Arne ein und gemeinsam gingen sie in Richtung St. Nikolaus. Kurz bevor sie die Kirche erreicht hatten, hielt Henriette an.

„Können wir nach dem Gespräch mit Theresia noch einen Kaffee bei Trudi trinken? Es gibt da noch etwas, dass ich gerne mit Trudi und dir bereden würde."

„Oha, das klingt jetzt aber irgendwie ernst. Muss ich mir Sorgen machen?", fragte Arne und zog dabei fragend seine Augenbrauen in die Höhe.

„Nein. Es geht um ein paar wirklich unschöne Gerüchte, die ich aufgeschnappt habe und die mir etwas Sorgen bereiten."

„Haben die Gerüchte mit dem Toten zu tun?"

„Haben sie. Aber lass uns das bitte nachher einfach in Ruhe bereden", bat Henriette und setzte den Weg, ohne auf eine Antwort von Arne zu warten, fort. Dieser stutzte kurz, doch dann folgte er seiner Tante mit einem leichten Schulterzucken.

Er wusste genau, dass weiteres Nachhaken im Moment zwecklos wäre. Also lenkte er seine Konzentration wieder voll und ganz auf die bevorstehende Befragung von Theresia Hein. Diese öffnete ihnen bereits nach dem ersten Klopfen zügig die Tür vom Pfarrhaus.

„Der Herr Pfarrer ist außer Haus", blaffte sie ihnen unfreundlich und ohne vorherige Begrüßung entgegen. Offensichtlich war sie nicht sehr erfreut über den erneuten Besuch von Arne und Henriette.

„Das mach überhaupt nichts", sagte Arne mit einem breiten Lächeln und klang dabei wie ein Staubsaugervertreter. „Genau genommen wollen wir nämlich zu Ihnen."

„Zu mir?", Theresia klang zutiefst erstaunt.

„Ja. Da wären noch ein paar Fragen zu Frau Gormann und natürlich auch zu dem Abend, an dem Stefan Gormann hier beim Herrn Pfarrer war. Sie haben den beiden doch einen Tee aufgebrüht, oder? Und wenn ich richtig informiert bin, haben sie auch schon für den Pfarrer gearbeitet, als Martina Gormann noch in Kirchhausen gelebt hat", Arne bedachte Theresia Hein mit einem schiefen Lächeln.

„Das stimmt wohl beides, aber ich verstehe nicht ...“

„Frau Hein, wäre es vielleicht möglich, dass wir kurz zu Ihnen hereinkommen. Das sind ja nun doch Dinge, die wir eventuell lieber unter vier", Arne stockte kurz, blickte zu seiner Tante, bevor er

94

fortfuhr, „beziehungsweise in diesem Fall unter sechs Augen besprechen sollten." Bedeutungsvoll ließ er seinen Blick schräg hinter sich gleiten, wo sich bereits eine kleine Gruppe formatiert hatte, die ihre neugierigen Blicke gebannt auf das Pfarrhaus gerichtet hatte.

„Vermutlich haben Sie Recht", gab die Haushälterin zu und ließ Henriette und Arne hinein. Henriette konnte jedoch deutlich spüren, wie unwohl sich Theresia dabei fühlte.

Ein weiteres Mal wurden sie in die Küche des Pfarrhauses geführt. „Langsam denke ich, dieses Haus besteht nur aus der Diele und dieser Küche", raunte Henriette ihrem Neffen leise zu, während Theresia sich, wie nicht anders zu erwarten, an dem Wasserkocher zu schaffen machte, um Ihnen einen frischen Tee anbieten zu können, den beide jedoch dankend ablehnten. Und so kam Theresia kurze Zeit später mit nur einer Tasse dampfend heißen Tee zum Esstisch, an dem Henriette und Arne bereits Platz genommen hatten. Vorsichtig pustete Theresia in ihre Teetasse und Henriette wehte eine Welle aus Anis-Aroma entgegen, die sie innerlich erschauern ließ. Sie hasste Anis!

„Also Frau Hein", begann Arne seine Befragung. „Wie lange arbeiten Sie schon für den Herrn Pfarrer?"

„Von Anfang an. Ich war ja schon beim alten Herrn Pfarrer - Gott hab ihn selig - angestellt. 1977 habe ich hier angefangen. Direkt nach der Schule."

Es war nicht zu überhören, wie stolz Theresia darauf war, schon so lange im Pfarrhaus für Ordnung und Sauberkeit zu sorgen.

„Das heißt, Sie haben bereits hier gearbeitet, als Martina Gormann sich um den Blumenschmuck von St. Nikolaus gekümmert hat."

„Wie gesagt, ich bin hier seit 1977. Wenn diese Frau Gormann also danach hier war ..." Theresia Hein ließ den Satz unbeendet im Raum stehen. Anscheinend konnte oder wollte sie sich nicht besonders gut an Martina Gormann erinnern. Das fiel auch Arne auf.

„Sie erinnern sich also nicht an Frau Gormann?", fragte er.

„Ehrlich gesagt: Nein. Natürlich weiß ich, dass sich der Blumenladen in der Bahnhofstraße schon so lange ich denken kann, um den Schmuck für die Kirche kümmert, aber wer da nun wann gearbeitet hat ..." Theresia zuckte mit den Schultern und beendete auch diesen Satz nicht wirklich. Arne seufzte leise und Henriette konnte ihm ansehen, dass er dieses Gespräch als genauso zäh empfand, wie sie. Theresia gehörte augenscheinlich nicht zu der geschwätzigen Sorte. Im Alltag sicherlich eine nette und für einen Ort wie Kirchhausen äußerst ungewöhnliche Eigenschaft, aber für Arne bedeutete das harte Arbeit, um wenigstens einige Kleinigkeiten aus Theresia Hein herauszuholen. Henriette kannte Theresia nicht wirklich gut. Ihre Wege hatten sozusagen nie wirklich zueinandergefunden, es war eher so, dass sie stets mit Abstand nebeneinanderher gegangen waren. Sie besuchten zwar dieselben Klassen, zuerst in der Grund- und später dann selbstverständlich auch in der weiterführenden Schule, aber wirklichen Kontakt hatten sie dennoch nie gehabt. Theresia war schon von klein auf ein sehr ruhiger Typ gewesen, was man von Henriette nun wirklich nicht behaupten konnte. Henriette konnte sich nicht erinnern, Theresia jemals auf einer der dorfüblichen Partys gesehen zu haben. Sie war eine Einzelgängerin gewesen, während Henriette keine Gelegenheit zum Feiern ausgelassen hatte.

Arne hatte das Foto, das Martina und den jungen Herrn Pfarrer zeigte, aus seiner Tasche gezogen und hielt es der Haushälterin nun entgegen.

„Erkennen Sie die junge Frau?"

„Nicht, das ich wüsste."

Henriette registrierte, dass Theresias Blick das Bild kaum mehr als flüchtig streifte und wie sich dennoch alles an ihr versteifte.

„Und den jungen Mann? Kennen Sie den?" Arne dachte gar nicht daran, es der Frau leicht zu machen. Er war sich absolut sicher, dass die Haushälterin ihn gerade eiskalt anlog, und so hielt er ihr das Foto weiter direkt vor's Gesicht.

„Sieht vielleicht dem jungen Herrn Pfarrer ein wenig ähnlich …", grummelte Theresia Hein leise.

„Sieht der Mann ihm ähnlich, oder ist das der junge Herr Pfarrer?", hakte Arne mit strengem Ton nach. Diese Frau machte ihn geradewegs wahnsinnig mit ihrer Einsilbigkeit.

„Was weiß denn ich. Ich sagte Ihnen doch schon, dass ich nicht genau weiß, wer das auf dem Foto ist. Man will ja schließlich auch keine Falschaussage machen." Trotzig blickte Theresia Arne an und trank betont gleichgültig einen weiteren Schluck dieses entsetzlich stinkenden Tees.

„Also schön, Frau Hein. Dann hätte ich nur noch kurz ein paar Fragen zu dem Abend, an dem Herr Gormann den Pfarrer besucht hat-"

„Da kann ich rein gar nichts zu sagen", fiel Theresia Arne ins Wort, noch bevor er seine erste Frage stellen konnte.

„Sie wissen doch noch gar nicht, was ich Sie fragen will", gab Arne zu bedenken und sah die Haushälterin fragend an.

„Ich war nicht da, als der Herr Pfarrer den jungen Mann empfangen hat", erwiderte Theresia unbeirrt.

„Würden Sie mir bitte trotzdem schildern, wie der Abend abgelaufen ist?" Arne ließ sich nicht aus dem Konzept bringen. „Oder vielleicht haben sie den fremden Mann ja auch schon früher einmal gesehen?"

„Nein!" Mit einem wie in Stein gemeißeltem Gesicht starrte Theresia Arne an und verschränkte die Arme vor ihrer üppigen Brust.

„Und da sind Sie sich ganz sicher? Ohne auch nur einem Moment nachdenken zu müssen?"

„Ja!"

„Bitte Theresia, es ist wirklich wichtig", versuchte Henriette ihrem Neffen zu helfen. „Denk bitte einen kurzen Augenblick in Ruhe nach. Oftmals sind es Kleinigkeiten, die man im ersten Moment gar nicht für wichtig hält, die dann am Ende helfen." Henriette sah ihre langjährige Bekannte bittend an, doch es half nicht.

„Ich habe diesen Mann das erste Mal gesehen, als er tot in unserem schönen Brunnen lag. Das habe ich der Polizei bereits gesagt, als sie mich gestern Morgen befragt hat, und nur weil du und dein Neffe nun hier sitzen und mich bedrängen -"

„Also bitte Theresia, wir bedrängen dich doch nicht!", warf Henriette entrüstet ein.

„Nenn' es, wie du willst. Ich habe diesen Mann weder früher schon einmal gesehen, noch weiß ich, wie der Abend vor seinem Tod abgelaufen ist. Ich habe dem Herrn Pfarrer wie jeden Abend einen schönen Tee aufgebrüht und dann bin ich früh ins Bett gegangen, um noch ein wenig zu lesen."

Sowohl Henriette als auch Arne wussten, wann sie auf verlorenem Posten kämpften. Theresia Hein würde ihnen so schnell nichts erzählen, selbst dann nicht, wenn es doch etwas zu erzählen gäbe. Und da war sich Henriette sicher: Theresia verschwieg ihnen einiges.

„Also gut, Frau Hein." Resigniert zog Arne eine seiner Visitenkarten aus seiner Hosentasche und überreichte sie Theresia. „Wenn Ihnen in den nächsten Tagen vielleicht doch noch etwas einfallen sollte ..."

„Rufe ich Sie an." Mit wenig Interesse ließ Theresia die Karte in ihrer Schürze verschwinden und komplimentierte Arne und Henriette alsdann wenig freundlich hinaus.

„Das war ja mal so richtig ergiebig", brummte Arne. „War die schon immer so garstig?"

„Ehrlich gesagt hatte ich nie wirklich viel Kontakt zu ihr, aber wenn ich ehrlich sein soll, war sie schon immer eher von der spaßbefreiten Fraktion. Stets pünktlich, strebsam und vor allem möglichst unauffällig."

„Unauffällig?", fragte Arne stutzend nach.

„Na du weißt schon ... keine Partys, keine Streiche, keine Rangeleien ... eben einfach unauffällig."

„Und nimmst du ihr die *Mein Name ist Hase, ich weiß von nichts* Nummer ab?", fragte Arne und blickte seine Tante dabei neugierig an.

„Nicht eine Sekunde!"

„Gut. Ich nämlich auch nicht", einen kurzen Augenblick schwieg Arne, dann sah er seine Tante auffordernd an. „Also schieß schon los!"

„Ich denke, dass Theresia die beiden auf dem Foto sofort erkannt hat."

„Das denke ich auch", pflichtete Arne seiner Tante nickend zu.

„Und dass sie sich ganz genau an Martina Gormann erinnern kann."

„Du meinst, sie wusste von dem Verhältnis der beiden?"

„Vorsicht! Noch wissen wir nicht sicher, dass die beiden wirklich eine Affäre hatten." Mahnend hob Henriette ihren Zeigefinger.

„Schon gut", Arne seufzte." Du klingst wie der Leitmayer früher. Der war Dozent an der Polizeifachhochschule."

„Leitmayer? Wie der Tatort Kommissar?" Henriette grinste. Sie wollte sich gar nicht vorstellen, mit wie vielen dummen Sprüchen man täglich zu tun hatte, wenn man mit dem Namen bei der Polizei arbeitete.

„Nein. Das Mayer bitte mit *e*! Das war ihm immer sehr wichtig und er wurde es auch nie leid, uns das mitzuteilen. Genauso, wie er uns regelmäßig davor gewarnt hat reine Annahmen - und seien sie auch noch so wahrscheinlich - wie bewiesene Tatsachen zu behandeln."

„Klingt nach einem klugen Mann."

„Das ganz sicher und vor allem gehörten seine Vorträge zu der Sorte, die man eben so schnell nicht vergisst. Aber zurück zum Thema: Wusste Theresia von Martina und dem Pfarrer, angenommen da gab es etwas zu wissen?"

„Ganz sicher. Wenn die beiden sich wirklich näher standen, dann wusste Theresia das. Sie liebt ihre Arbeit in der Pfarrei. Hast du bemerkt, wie stolz sie darauf ist, dort schon so lange für Ordnung zu sorgen? So wie ich sie einschätze, kennt sie jede noch so kleine Vorliebe des Pfarrers und sicherlich auch viele kleine Geheimnisse von so manchem Gemeindemitglied.“

„Soll das heißen, dass Theresia neugierig ist?“ Arne zog die Augenbrauen zusammen.

„Ich würde es eher extrem loyal nennen. Sie will es ihrem Herrn Pfarrer um jeden Preis recht machen ...“

„Und dazu gehört, dass sie ihn ausspioniert?“

„Also ausspioniert klingt jetzt wirklich sehr hart. Nein, ich sehe das eher so: Je mehr sie weiß, desto besser kann sie ihn umsorgen. Sie weiß, wie er aussieht, wenn er Sorgen hat, also kann sie ihm sicher einen passenden Tee aufbrühen oder ihm seine Lieblingskekse backen, noch bevor er sie darum bitten kann. So in der Art eher.“

„Verstehe“, Arne nickte und ließ unter diesem Gesichtspunkt das eben geführte Gespräch noch einmal Revue passieren. „Sie schien wirklich sehr stolz auf ihre Arbeit zu sein ... Und auf den Herrn Pfarrer ...“

„Oh ja ...“

Einige Meter vor *Trudis TörtchenTraum* blieben sie kurz stehen und blickten auf das stete Treiben, das sich rund um das Café und den neuen Eiswagen abspielte.

„Trudis Café scheint wirklich gut zu laufen", stellte Arne anerkennend fest.

„Kein Wunder. Alles, was sie serviert, schmeckt ja auch einfach nur himmlisch und jetzt, wo sie auch noch den Eiswagen hat ..."

„Der scheint in der Tat extrem gefragt zu sein", staunend blickte Arne auf die Schlange, die sich auch heute wieder einmal vor dem Eiswagen gebildet hatte.

„Oh ja, und das liegt nicht nur am Eis." Henriette konnte sich ein breites Grinsen nicht verkneifen, als sie beim Blick auf die Schlange überwiegend junge Mädchen ausmachte. Pietro einzustellen war ganz offensichtlich ein wahrer Geniestreich von Trudi gewesen.

Kaum hatten Arne und Henriette sich an einem kleinen Tisch unter der bunten Markise niedergelassen, kam auch schon Trudi auf sie zu gestürzt.

„Da seid ihr ja endlich! Ich hab schon gedacht, ihr habt mich vergessen." Mit vor Aufregung geröteten Wangen zog sie sich einen weiteren Stuhl heran und setzte sich zu den beiden. „Wollt ihr etwas trinken? Oder ein schönes Stück Kuchen? Ich hab heute einen gedeckten Apfelkuchen, da leckt ihr euch die Finger."

„Das klingt wirklich verlockend, aber hast du eventuell auch etwas Herzhaftes? Ich habe heute

außer einer Schüssel Müsli noch nichts gegessen."
Voller Hoffnung sah Henriette ihre Freundin an.

„Natürlich. Für solche Fälle habe ich doch die *Männerkarte*."

„Die *Männerkarte*?" Arne schaute Trudi fragend an.

„Das ist eine kleine Speisekarte mit wechselnden Sandwich Angeboten. Im Moment ist italienischer Monat. Heute haben wir zum Beispiel eine kleine - aber feine - Auswahl an Tramezzini. Man sagt ja immer, dass Männer es lieber herzhaft mögen, deswegen nennen wir die Karte *Männerkarte*. Aber ganz ehrlich, die Sandwiches werden von Frauen und Männern gleichermaßen bestellt."

„Das klingt gut. Was für Tramezzini hast du denn?" Henriette blickte ihre Freundin fragend an.

„Den Klassiker mit Roastbeef, Ruccula und Remoulade. Eine Variante mit Thunfisch und Ei und wenn es etwas ungewöhnlicher sein darf, dann empfehle ich gekochten Schinken auf einer reichhaltigen Creme mit Apfel, Sellerie und Curry."

„Ich nehme auf jeden Fall das Thunfisch-Tramezzini", kam es Henriette, wie aus der Pistole geschossen.

„Und für dich?" Fragend blickte Trudi zu Arne.

„Das ist bestimmt alles wirklich lecker", Arne stockte kurz. „Aber hast du auch etwas Warmes? Tramezzini sind doch immer kalt, oder?"

„Sind sie." Trudi schien kurz zu überlegen, dann stahl sich ein breites Lächeln auf ihr Gesicht. „Ich weiß genau, was du brauchst. Ich mache dir einen ordentlichen Strammen Max! Oder reichen die warmen Eier nicht? Ich habe auch noch etwas von unserer Suppe von gestern. Wir essen zum Mittag nämlich auch ganz gerne etwas Salziges und vor allem Warmes. So sehr ich meine süßen Köstlichkeiten auch liebe, einmal am Tag muss es doch etwas Herzhaftes sein." Trudi überschlug sich förmlich.

„Wow, Himmel, danke! Eine Portion Strammer Max ist völlig in Ordnung."

„Okay, dann hole ich eben schnell euer Essen und dann will ich aber endlich alle Neuigkeiten hören!"

Nachdem Henriette ihre Freundin auf den neuesten Stand gebracht hatte, sprach sie Trudi auf das an, was ihr seit gestern so schwer auf dem Magen lag.

„Hast du eigentlich auch diese völlig absurden Gerüchte über Murat gehört?", fing sie ohne lange Umschweife einfach an.

„Falls du die Mafia-Geschichten meinst, die habe ich natürlich gehört."Trudi grinste und schüttelte wild mit ihrem Kopf. „Was für ein Blödsinn!"

„Und hast du auch gehört, dass einige Damen Murat am Abend des tödlichen Zwischenfalls auf dem Marktplatz gesehen haben wollen und ihn nun für den Täter halten?"

„Was! Nein! Wer erzählt das denn? Das kann doch nicht sein!" Trudi war nun völlig außer sich und ihre Wangen glühten dermaßen, dass Henriette sich ernsthaft Sorgen um Trudis Kreislauf machte. „Sicher, wir kennen Murat im Grunde ja gar nicht, aber warum sollte er, kaum, dass er nach Kirchhausen gezogen ist, einen wildfremden Mann umbringen?"

„Erstens: Noch ist es kein bestätigter Mord", warf Arne ein. „Zweitens: Wir wissen nicht, ob Murat den Toten kannte. Gibt ja manchmal die seltsamsten Zufälle."

„Mag ja alles sein, aber ich kann und will mir Murat nicht als Killer vorstellen", gab Trudi trotzig zurück und Henriette nickte zustimmend.

„Na schön. Bleiben wir doch einfach mal ganz sachlich", übernahm Arne. „Also", er wandte sich an seine Tante,"Wer genau hat denn nun behauptet, den Murat an besagtem Abend gesehen zu haben?"

„Puh, ich bin mir ehrlich gesagt nicht hundertprozentig sicher, da standen ja immerhin einige Frauen und alle haben mehr oder weniger wild durcheinander geschwatzt. Aber ich bin mir recht sicher, dass ich Ida Brost und Erika Tratner erkannt habe. Beide singen auch im Kirchenchor."

„Gut. Dann werde ich den beiden Damen morgen einen netten Besuch abstatten und sie befragen. Und bei Murat werde ich dann eventuell auch noch einmal vorbeischauen. Ich bin mir sicher, dass sich das ganze Gerede dann schnell aufklären lässt. Zufrieden?" Fragen sah Arne erst zu seiner Tante, dann zu Trudi und erntete von beiden Seiten ein wohlwollendes Nicken.

„Du hast gerade gesagt, dass noch nicht bestätigt wurde, ob überhaupt ein Tötungsdelikt vorliegt ...", lenkte Henriette das Gespräch in eine neue Richtung. Arne würde sich um die Sache mit Murat kümmern und beweisen, dass das alles nur unhaltbare Gerüchte waren. Damit war dieser Punkt für sie vorerst abgehakt.

„Bisher habe ich leider noch keinen endgültigen Bericht aus der Gerichtsmedizin." Arne seufzte. „Ich hoffe aber, dass ich noch heute was von Kai höre."

Henriette fand das äußerst unbefriedigend. Ohne Befunde aus der Rechtsmedizin würde Arne nicht wirklich weiter kommen. „Ruf du ihn an!"

„Wenn Kai etwas für mich hat, wird er sich schon melden. Die Truppe aus dem *Fliesenpalast* mag es gar nicht, wenn man drängelt und nervt." Arne zuckte mit den Schultern.

„Ich finde, du solltest Dr. Brummer trotzdem anrufen. Er soll dir ja nicht gleich einen kompletten Bericht liefern, aber ich bin mir sicher, dass er dir wenigstens schon ein paar grobe Informationen geben kann. Solange du nicht einmal weißt, wann und wie Martin Gormann gestorben ist, sind deine Befragungen doch im Grunde zwecklos. Am Ende rennen wir uns hier die Hacken wund, und dann ist der arme Kerl womöglich einfach nur gestolpert und das war's! Da kannst du dann aber lange nach einem Täter suchen." Henriette sah ihren Neffen auffordernd an und Arne war klar, dass sie keine Ruhe geben würde, bis er zu seinem Telefon greifen würde.

„Also schön, von mir aus. Aber wenn ich gleich einen mordsmäßigen Anschiss bekomme, reiche ich den Hörer ungeniert an dich weiter und dann kannst du dir die Predigt anhören und dich bei Kai entschuldigen." Mit einem verschmitzten Lächeln im Gesicht stand Arne auf und ging zum Telefonieren nach draußen.

Mit noch immer leicht geröteten Wangen beugte sich Trudi zu ihrer Freundin und raunte ihr zu: „Sollen wir beide später vielleicht bei Murat vorbeischauen?"

„Es würde Arne sicher nicht besonders gefallen, wenn wir da rumschnüffeln", gab Henriette zu bedenken.

„Wir schnüffeln doch nirgendwo herum, nur weil wir unseren neugewonnenen Freund besuchen und uns erkundigen, wie es mit seinem Imbiss so vorwärtsgeht." Trudi versuchte angestrengt, möglichst entrüstet und unschuldig zugleich auszusehen. Was ihr jedoch kaum gelang, so dass ihr Gesichtsausdruck eher an einen Welpen erinnerte, den man auf frischer Tat beim Zerbeißen der Pantoffeln erwischt hatte.

„Du willst mir doch nicht wirklich weismachen, dass du nur so aus reiner Nettigkeit zu Murat willst." Henriette sah ihr Freundin mit wissenden Augen an. „Du willst nicht warten, bis Arne mit ihm gesprochen hat, sondern die Sache selbst in die Hand nehmen."

„Ich finde einfach, wir sollten zuerst mit ihm reden. Immerhin sind wir so etwas wie Freunde."

„Dir ist schon klar, dass wir Murat bisher genauso oft getroffen und gesprochen haben wie Arne?" Ein leichtes Schmunzeln huschte über Henriettes Gesicht.

„Aber wir sind nicht die Polizei. Wir sind ..." Trudi geriet ins Stocken.

„Wir sind was?"

„Wir sind ... inoffizieller."

„Aha. Und inoffiziell seltsame Fragen zu stellen, findest du besser, als wenn ein Polizist solche Fragen stellen muss?"

„Jetzt hör schon auf, mich zu necken. Ich bin mir sicher, dass du mich mit Vergnügen begleiten wirst."

„Möglich."

Für Trudi war das ein eindeutiger Punktsieg und so lehnte sie sich zufrieden lächelnd zurück, während Henriettes Blick zum Eingang schweifte, wo Arne gerade sein Telefon in seiner Hosentasche verstaute und mit einem nachdenklichen Gesicht zu den beiden zurückkehrte.

„Du siehst irgendwie nicht wirklich zufrieden aus", begrüßte Henriette ihren Neffen, nachdem er sich wieder an ihren Tisch gesetzt hatte. „Hatte Dr. Brummer noch keine Ergebnisse?"

„Doch. Er ist zwar mit seinem Bericht noch nicht ganz fertig, aber die wichtigsten Dinge konnte er mir bereits sagen."

„Aber ..." Henriette sah, dass Arne über das, was er gerade gehört hatte, grübelte. Was auch immer er so eben erfahren hatte, es musste etwas sein, mit dem er so wohl nicht gerechnet hatte.

„Ich werde die Ausführungen von Dr. Brummer zu Biegungs- und Berstungsbrüchen unter Berücksichtigung der Hutkrempenlinie jetzt mal weglassen und es einfach ausdrücken: Anscheinend hat Martin Gormann einen Schlag auf den Hinterkopf bekommen, ist dann gestürzt, auf dem Brunnenrand aufgeschlagen, ins Wasser gerutscht und dort ertrunken."

„Jemand hat ihn von hinten niedergeschlagen?" Trudi klang total entsetzt, was Henriette beinahe zum Schmunzeln gebracht hätte. Schließlich war doch allen bereits klar gewesen, dass Gewalt eine entscheidende Rolle beim Tod von Martin Gormann gespielt haben musste. Trudi war einfach ein zu guter Mensch. Egal wie offensichtlich etwas war, Trudi besaß die einmalige Gabe, alles Schlechte so lang wie möglich auszublenden.

„Weiß man, wie oder besser, womit er geschlagen wurde?", fragte Henriette, die dringend nüchterne Fakten brauchte, um einen solchen Sturz in ihrem Kopf nicht zu einer schlechten Slapstick-Nummer werden zu lassen. Immerhin war ein Mann gestorben!

„Stumpfe Gewalt." Beantwortete Arne die Frage seiner Tante einsilbig.

Doch so einfach ließ sich Henriette nicht abspeisen.

„Und hat Dr. Brummer auch schon eine Idee, womit diese stumpfe Gewalt ausgeübt wurde?", bohrte sie nach.

„Nicht genau. Es könnte ein Spaten gewesen sein oder ein flaches Brett."

„Und dieser Schlag hat ihn taumeln lassen, sodass er anschließend erst auf den Brunnen und dann in den Brunnen gefallen ist?"

„So sieht es im Moment jedenfalls aus."

„Dann war es doch aber gar kein Mord, oder?" Henriette war kein Spezialist in Sachen Recht, aber dass man kein Mörder war, wenn man jemanden niederschlug und der dann in einem Trog ertrank, das war sogar ihr klar.

„Stimmt. Bei der derzeitigen Beweislage gehen wir wohl eher von schwerer Körperverletzung mit Todesfolge aus. Was die Sache an sich ja nicht wirklich besser macht. Auch wenn es vielleicht kein Mord war, so ist doch ein Mensch gewaltsam zu Tode gekommen. Für mich macht das also keinen Unterschied. Solche Klein-Tudeleien überlasse ich dann gerne den Anwälten und der

Staatsanwaltschaft. Sollen die sich später dann ihre Köpfe einschlagen und über ihren Strafgesetzbüchern brüten. Und damit die überhaupt etwas zu tüdeln bekommen", Arne erhob sich, "werde ich jetzt als nächstes erst einmal die beiden Damen aus dem Kirchenchor besuchen. Soll ich dich vorher noch nach Hause fahren?", fragend blickte er zu seiner Tante hinunter.

„Nicht nötig. Ich werde hier noch ganz in Ruhe mit Trudi meinen Kaffee austrinken und dann gemütlich nach Hause schlendern." Mit einem fast schon übertriebenen Lächeln blickte Henriette ihren Neffen aus ihren grau-blauen Augen an und Arne fiel das Funkeln, das dabei in ihre Augen trat, sehr wohl auf, aber er schwieg. Er kannte die beiden einfach zu gut, um wirklich zu glauben, dass sie hier bleiben und gemütlich Kaffee trinken würden. Vermutlich würden sie keine 30 Sekunden nach ihm aus *Trudis TörtchenTraum* stolzieren und sich auf direktem Weg zu Murats Döner-Bude machen. Und weil er das eben so genau wusste, konnte er sich auch ein: „Ruf mich an, wenn ihr von Murat etwas Wichtiges erfahren solltet!" begleitet von einem überaus auffälligem Augenzwinkern nicht verkneifen, bevor er das Café schmunzelnd verließ.

„Woher wusste er, dass wir zu Murat wollen?" Trudi blickte ihre Freundin erstaunt an.

„Weil er nicht dumm ist."

Als Henriette und Trudi einige Augenblicke später vor Murats Imbiss standen, war der gerade dabei, diverse Küchenutensilien zu verräumen. Als er die beiden bemerkte, trat ein breites Grinsen in sein Gesicht und seine tief haselnussfarbenen Augen begannen zu strahlen.

„Ladys, welch Glanz vor meiner bescheidenen Hütte. Wenn ihr hier seid, um die besten türkischen Leckereien weit und breit zu probieren, seid ihr leider zu früh. Die Elektrik in dieser Bude macht mich noch wahnsinnig. Keine Ahnung, wie Gino damit klargekommen ist. Aber ab Übermorgen läuft der Laden und dann - Inşallah - serviere ich euch voller Stolz Murats Döner. Den besten Döner, den ihr je gegessen habt."

„Uh, große Worte", Trudi stemmte ihre Hände in ihre üppigen Hüften und schaute Murat herausfordern an. „Im letzten Sommer habe ich in Berlin einen sehr, sehr guten Döner gegessen. Da war eine Soße drauf … fruchtig und gleichzeitig leicht scharf und es gab frisch gegrilltes Gemüse dazu und nicht wie sonst die langweilige Rotkohl, Tomate, Salat und Zwiebel Beilage."

Murat stieß einen tiefen Seufzer aus und rollte genervt mit den Augen. „Wirklich? Selbst hier im Nirgendwo schwärmt man von Mustafas Grillgemüse-Döner? Ich sag euch jetzt mal was: Das ist albern! Mag ja sein, dass dieser Döner schmeckt. Vielleicht sogar besser als der Klassiker. Aber Grillgemüse hat in einem Döner nichts verloren! Ihr würdet schließlich auch keine Knödel zur Weißwurst servieren, obwohl sowohl die Weißwurst als auch die Knödel echt lecker sind. Aber eben nicht zusammen! Knödel gehören zu einem ordentlichen Schweinsbraten und zur Weißwurst gehört ein guter Senf und eine frische Brezel! Basta!" Murat war allem Anschein nach kurz davor, vor Empörung zu platzen, was Trudi ein großes Fragezeichen ins Gesicht malte und Henriette eher staunen ließ. Sie hätte nicht gedacht, dass jemand so viel Enthusiasmus für ein Fastfood Gericht aufbringen konnte. „Obwohl", dachte Henriette, „schließlich gab es ja auch Menschen, die für die Fahrt mit einer bestimmten Achterbahn rund um die Welt reisten. Warum also nicht auch ein herzliches Plädoyer für den Döner. Aber was sagt es über einen Menschen aus, der so eine Leidenschaft bereits für ein Lebensmittel aufbrachte? Wie würde er reagieren, wenn es um etwas weitaus Wichtigeres ginge? Schlummerte in Murat am Ende doch ein gewisses Gewaltpotential?"

„Also kein Grillgemüse?", fragte Trudi leise nach und wirkte dabei beinahe wie ein gescholtenes Kind

„Nein! Jedenfalls nicht im Döner. Vielleicht nehme ich Iskender Kebap in meine Speisekarte auf. Da könnte ich mir Grillgemüse durchaus vorstellen. Obwohl das Original hier natürlich eigentlich auch nur gegrillte Paprika beinhaltet.

114

Aber ich garantiere dir, dass dir mein Döner mindestens genauso gut schmecken wird wie der Fake-Döner von Mustafa. Meine Soßen sind tausendmal besser! Und ich habe einen ganz geheimen Trick, der meinen Rot- oder Weißkohl besonders lecker macht." Er zwinkerte Trudi zu und lächelte, als ob nichts gewesen wäre.

„Abgemacht. Wir kommen übermorgen wieder und dann werden wir ja sehen ..." Trudi blickte Murat kämpferisch aus ihren grünen Augen an. Der blickte zurück und verschwand dann wieder unter seinem Tresen.

„Äh, Murat?" Henriette musste sich recken, um ihn zwischen seinen Unterschränken ausfindig machen zu können.

„Ja?", flugs tauchte sein Kopf unter der Spüle auf.

„Eigentlich sind wir ja nicht wegen deinem Döner hier", begann Henriette den nun eher unangenehmen Teil ihres Besuches.

„Nicht?" Murat erhob sich und blickte Henriette nun wieder aufrecht stehend an. „Was wollt ihr denn dann? Ah, ich weiß: Eine von den Ladys braucht einen starken Mann zum Gardinenaufhängen. Oder soll ich ein Bild aufhängen?" Demonstrativ schob Murat die Ärmel seines T-Shirts nach oben und ließ in bester Schwarzenegger-Manier die Muskeln spielen. Das Ganze sah so albern aus, dass Henriette einfach grinsen musste, obwohl ihr eigentliches Anliegen natürlich absolut nicht witzig war.

„Nein Murat. Wir brauchen keinen starken Mann … jedenfalls nicht heute. Aber gut zu wissen, dass wir uns notfalls an dich wenden können. Nein, jetzt im Ernst. Die Sache ist die: Im Ort kursiert so ein wirklich dummes Gerücht ...“

„Ein Gerücht? Was denn für ein Gerücht?“ Murat wirkte sichtlich irritiert.

„Nun, ich habe neulich Abend - ganz zufällig - gehört, wie einige Damen darüber getratscht haben, dass sie dich am Abend von Martin Gormanns Ableben auf dem Marktplatz gesehen haben. Außerdem sollst du natürlich Mitglied in einer Mafia-Vereinigung sein.“ Henriette schaute Murat mit einem entschuldigenden Blick an, der sehr deutlich machte, wie unangenehm ihr das Ganze war und wie hoch sie den Wahrheitsgehalt dieser Geschichten einschätzte.

„Bitte was?!“ Murat riss seine Augen völlig entsetzt weit auf.

„Ich weiß, das klingt komplett absurd, aber du bist der *Neue* und im freundlichsten Fall könnte man wohl sagen, dass hier eher selten etwas Spannendes passiert und das Klatsch und Tratsch deswegen für viele hier ein netter Zeitvertreib ist.“ Henriette zuckte entschuldigend mit den Schultern, bevor sie fortfuhr: „Warst du denn an dem Abend auf dem Marktplatz?“

„Nein, ich war nicht auf dem Marktplatz. Ich habe an dem Abend an meinem Imbiss gearbeitet. Dann hatte ich irgendwann keine Lust mehr, dafür aber mächtig Hunger. Also hab ich hier alles dicht gemacht und bin rüber zur Pizzeria."

„Welchen Weg hast du genommen?", wollte Henriette es etwas genauer wissen.

„Ich bin durch die Kirchgasse, an Trudis Café vorbei quer über den Marktplatz und dann hinter dem Rathaus in die Pizzeria."

„Dann bist du am also am Klara-Brunnen vorbeigekommen", stellte Henriette nüchtern fest.

„Klar bin ich daran vorbeigegangen. Aber da war rein gar nichts. Keine Leute und schon gar kein Toter. Das wäre mir doch aufgefallen." Murat kratzte sich nervös am Kopf, was seine lockige Haarpracht schließlich in alle Richtungen abstehen ließ.

„Gut. Du bist also direkt in Mariellas Pizzeria und hast dir dort eine Pizza bestellt", resümierte Henriette.

„Genau. Eine Diavola mit extra Käse. Ich habe dann ca. 10 Minuten am Tresen gewartet, dann kam meine Pizza, ich habe bezahlt und bin nach Hause."

„Auf demselben Weg?"

„Nein. Zurück bin ich durch den Lilien Weg gegangen."

„Da musstest du also nur am Rathaus und an dem Blumenladen vorbei und bist nicht noch einmal über den ganzen Marktplatz gelaufen." Henriette runzelte die Stirn und dachte nach.

„Genau."

„Und hast du dabei irgend jemanden gesehen? Oder etwas gehört?"

„Nein, mir ist nichts aufgefallen. Ich war ehrlich gesagt auch komplett bei meiner Pizza. Ich hatte solchen Hunger und hab mich so darauf gefreut, dass ich das Ding einfach nur möglichst schnell nach Hause bringen wollte ..." Murat zuckte entschuldigend mit den Schultern.

„Fein halten wir also fest: Gormann lag noch nicht tot im Brunnen, als du dort vorbei bist und die Damen vom Kirchenchor sind schreckliche alte Klatschbasen", fasste Trudi das eben gehörte kurzerhand auf ihre ganz eigene Weise zusammen. Dabei strahlte sie Murat an, als hätte der gerade den Hauptgewinn in einer Tombola gewonnen.

„Schön auf den Punkt gebracht", stimmte Henriette ihrer Freundin zu, auch wenn sie Trudis Ausdrucksweise leicht unpassend fand. „Nur eines noch: Weißt du noch, wie spät es war, als du zur Pizzeria gegangen bist?"

„Es war auf alle Fälle schon dunkel ..." Murat stockte, legte seine Stirn in Falten und man sah ihm an, dass er angestrengt nachdachte. „Ich glaube, dass ich die Kirchenglocken gehört habe, als ich in den Lilien Weg eingebogen bin. Sie schlugen zu zehn Uhr." Murat hatte die Augen geschlossen und nickte leicht. „Doch ich bin mir sicher. Es muss zehn Uhr gewesen sein."

„Danke Murat. Wenn es dir recht ist, werde ich meinem Neffen berichten, was du uns erzählt hast. Der nimmt sich gerade besagte Klatschbasen zur Brust."

„Schon schade, dass wir da nicht dabei sein können. Ich schätze, es wäre sehr lustig, Arne dabei zu beobachten, wie er den Damen vom Kirchenchor ordentlich Feuer unter'm Hintern macht." Ein beunruhigend diabolisches Lächeln zeichnete sich auf Trudis Gesicht ab und Henriette mahnte: „ Trudi! Wie redest du denn von den Damen!?", Henriette schnalzte mir der Zunge und schüttelte übertrieben den Kopf, konnte sich ein Grinsen dennoch nicht komplett verkneifen.

„Ist doch wahr", rechtfertigte sich Trudi. „Nur weil ihnen langweilig ist, streuen sie fiese Gerüchte, die Murat um seine Existenz bringen könnten, noch bevor er überhaupt eröffnet hat."

Henriette hörte aus jedem einzelnen Wort, wie schäbig sie so ein Verhalten fand, und natürlich war Henriette absolut derselben Meinung.

„Natürlich kannst du deinem Neffen alles erzählen", nahm Murat den eigentlichen Faden wieder auf. „Ich habe schließlich nichts zu verbergen. Im Gegenteil: Trudi hat schon recht. Solche Gerüchte können mein Ruin sein. Je eher sich das alles also aufklärt, umso besser für mich."

„Und für Martin Gormann ... ", fügte Henriette flüsternd hinzu, die zwar keineswegs streng gläubig war, aber dennoch die feste Überzeugung vertrat, dass man nur in Frieden ruhen konnte, wenn alle Angelegenheiten hinreichend geklärt waren. Laut sagte sie: „Danke, dass du so offen mit uns geredet hast."

„Ist doch selbstverständlich. Schon vergessen: Wir sind Freunde!" Jetzt strahlte Murat schon wieder etwas und legte sich zur Untermalung seiner Worte beide Hände auf sein Herz.

Henriette und Trudi hatten sich gerade verabschiedet und waren bereits einige Schritte entfernt, als Murat ihnen hinterherrief: „Ach und Trudi, sorry nochmal, das ich wegen dem Grillgemüse so ausgeflippt bin. Aber manche Dinge bringen mich einfach auf die Palme. Stellt euch nur mal vor, in Berlin gibt es sogar einen Dönerladen, der einen Döner Hawaii anbietet. Einen Döner mit Ananas! Ich bitte euch, das ist doch abartig! Oder?" Voller Rage warf Murat seine Arme in die Luft.

Schmunzelnd nickten Trudi und Henriette ihm zu, bevor sie sich endgültig auf den Rückweg machten.

🐈Kapitel 5

Zur gleichen Zeit hatte Arne in dem stickigen und auch irgendwie muffig riechenden Wohnzimmer von Ida Brost Platz genommen und er hatte Glück gehabt. Denn wie der Zufall es wollte, hatte Ida gerade Besuch von ihren guten Freundinnen Erika Tratner und Luise Schnorr.

Während Ida ihm eine Tasse Kaffee aus der Küche holte, saß Arne in einem mausgrauen Sessel, der so durchgesessen war, dass er beinahe darin versank und wurde schweigend, aber voller Neugier von den beiden anderen Damen gemustert. Arne seinerseits musterte den Raum. Überall standen oder hingen Porzellanfiguren. Eine kitschiger und hässlicher als die andere. Zu allem Überfluss thronten einige dieser Figuren auf selbst gehäkelten Platzdeckchen. Gekrönt wurde diese geschmackliche Entgleisung eigentlich nur von den unzähligen, verschlissen wirkenden, mit Blumendekor bedruckten Kissen, die sich auf jeder Sitzgelegenheit im Raum mehrfach befanden. Arne lief ein leichter Schauer über den Rücken. Genauso sahen in Filmen die Wohnzimmer von unauffälligen, freundlichen alten Damen aus, die sich wenig später als durchgeknallte Serienkiller entpuppten.

„Möchten Sie vielleicht ein paar Kekse zu Ihrem Kaffee?" Mit einem breiten Lächeln, das jedoch ihre Augen nicht erreichte, stellte Ida Arne eine angeschlagene Tasse hin, deren Inhalt so tiefschwarz war, dass Arne für einen kurzen Moment dachte, Ida hätte ihm statt einem Kaffee ein Tässchen Teer serviert. Innerlich seufzte Arne und verfluchte seine Tante. Er war sich sicher, dass sie die Wohn- und Lebensgewohnheiten von Ida Brost sehr genau kannte. Sie hätte ihn vorwarnen können. „Nein. Vielen Dank." Mit einem aufgesetzten Lächeln lehnte Arne die angebotenen Kekse augenblicklich ab.

Ida nickte, setzte sich auf den Sessel gegenüber - zu Arnes Erstaunen, ohne dabei komplett zu versinken, obwohl sie ganz sicher nicht viel leichter war als er - und fragte dann mit einer übertrieben süßlichen Stimme: „Was genau führt Sie nun zu mir, Herr Kommissar?"

Arne beschloss sich nicht mit langen Freundlichkeiten aufzuhalten. Er fand, Ida und ihre Freundinnen hatten das nicht verdient. Die gesamte Kombo machte auf Arne nicht den Eindruck, als würden sie selbst sich je mit Freundlichkeiten aufhalten. In Arnes Kopf ploppte das Bild einer kläffenden Hundemeute auf. Nur mit Mühe konnte er sich ein Grinsen verkneifen.

„Die Gerüchte, die Sie und Ihre Freundinnen", Arne sah kurz zur Seite, wo auf einer verblichenen orangefarbenen Couch die beiden anderen Pinscher saßen, „im Ort verbreiten."

„Gerüchte? Was denn für Gerüchte?!" Nicht nur Ida schaute Arne mit aufgesetztem Entsetzen an, sondern auch von ihren Freundinnen, erntete Arne verständnislose Blicke.

„Die, in denen sie behaupten, dass Herr Yilmaz ein Mitglied der Mafia sei und aufgrund alter, offener Rechnungen den Tod von Herrn Gormann zu verantworten hätte." Nun war es an Arne übertrieben freundlich zu schauen.

„Wir sollen was behauptet haben?!" Es war Erika Tratner, die Arne förmlich von der Seite anschrie. „Das ist doch kompletter Blödsinn!"

„Es gibt Zeugen." Arne ließ sich nicht aus der Ruhe bringen.

„Zeugen? Was denn für Zeugen?! Wir sind doch keine Verbrecher! Da braucht man doch keine Zeugen!", warf Ida nun ein und war dabei nicht minder aufgewühlt als Frau Tratner.

„Standen sie etwa nicht gestern Abend auf dem Marktplatz vor dem Rathaus und haben behauptet, der Neue habe Herrn Gormann brutal zu Tode geprügelt, weil er kein Schutzgeld für seine Döner-Bude bezahlen wollte?" Arne zog fragend seine Augenbrauen nach oben. Und dachte sich insgeheim: „Was für ein Schwachsinn. Murat ist gleichzeitig ein Mafiaboss und Opfer einer Schutzgelderpressung."

„Nun … also … ja also eventuell, haben wir da in verschiedene Richtungen spekuliert, wie und warum der Fremde ermordet wurde", gab Ida nun unerwartet kleinlaut zu. „Aber das ist ja wohl kaum ein Verbrechen!", und schon war die kläffende Ida zurück.

„Naja, üble Nachrede oder vielleicht ja auch Verleumdung. Das sind schon echte Straftatbestände."

„Phh, Straftatbestände. Wir haben nur geredet und das wird man ja wohl noch dürfen", gab Ida eingeschnappt zurück.

„Aber sicher. Reden dürfen Sie natürlich gerne über alles. Die Frage ist eben nur, wo hört ein einfaches Gerede auf und wo fängt eine waschechte Verleumdung an." Arne genoss es sichtlich, wie vor allem Luise Schnorr immer weiter in der Couch versank. Es war nicht zu übersehen, wie unangenehm ihr das alles war. Arne kam zu dem Schluss, dass wohl vor allem Ida und Erika die treibenden Kräfte in Sachen Klatsch und Tratsch bildeten. „Versuchen wir doch einfach mal das Ganze noch einmal ganz in Ruhe und von vorne aufzudröseln. Waren Sie gestern Abend auf dem Marktplatz?"

„Ja", antwortete Ida einsilbig.

„Und haben Sie über den Todesfall geredet?"

„Haben wir."

„Und könnte es eventuell auch sein, dass Sie dabei angedeutet haben, dass Herr Yilmaz etwas mit dem Tod von Herrn Gormann zu tun haben könnte?"

„Die Liesl hat geschworen, den Neuen am Abend des Mordes auf dem Marktplatz gesehen zu haben", sagte Ida fast schon schmollend.

„So, hat sie das? Und hat die Liesl denn auch etwas dazu gesagt, wann und wo genau sie Herrn Yilmaz gesehen haben will?"

Arne konnte sehen, wie sich Ida wandte.

„Nein. Hat sie nicht."

„Nicht. Und wer von Ihnen ist die Mafia-Expertin?" Arne konnte nicht anders. Er wollte diese Weiber einfach noch etwas leiden sehen. Auch wenn er natürlich wusste, dass das nicht besonders nett war.

„Wieso Mafia-Expertin?", fragte dieses Mal Erika.

„Hat nicht eine von Ihnen behauptet, die Mafia hätte etwas mit dem Tod zu tun?"

„Ach bitte, Herr Kommissar. Sie wissen doch ganz genau, dass das nun wirklich da rein geraten ist, um es spannender zu machen", Ida schnaubte und wirkte dabei zugleich genervt und ertappt.

„Ach, ist das so?" Arne griente innerlich. „Fassen wir also zusammen: Die Liesl hat an besagten Abend Herrn Yilmaz auf dem Marktplatz gesehen. Wann und wo genau, hat sie nicht gesagt. Niemand hat Beweise für eine wie auch immer geartete Beteiligung der Mafia und es hat auch niemand von Ihnen oder Ihren anderen Freundinnen irgendetwas gesehen, was darauf hinweist, dass Herr Yilmaz etwas mit dem Tod von Herrn Gormann zu tun hat."

„Er war auf dem Marktplatz", gab Ida trotzig zurück.

„Die hat echt Nerven", dachte Arne und musste sich wirklich schwer beherrschen, um nicht doch noch laut zu werden oder diese grässliche Person zur Wache mitzunehmen. Er atmete tief durch, zählte innerlich bis drei und nickte dann wohlwollend. „Gut, Herr Yilmaz war am Tatabend auf dem Marktplatz. Allein und von Herrn Gormann war weit und breit nichts zu sehen. Richtig?"

„Hm", gab Ida grummelnd zu.

„Gut. Dann werde ich Ihnen jetzt ein Angebot unterbreiten, das Sie unbedingt annehmen sollten. Ich werde über die Verleumdungen, die sie - natürlich völlig unabsichtlich – verbreitet haben, vergessen. Und ich werde auch Herrn Yilmaz bitten, von einer Anzeige abzusehen. Und im Gegenzug will ich so einen Mist nie wieder von Ihnen hören! Haben Sie mich verstanden?!"

„Hm", brummten dieses Mal alle drei Damen.

Henriette wischte sich ihre Hände an ihrer Schürze ab. Sie hatte gerade Mycroft und Mrs Hudson gefüttert und zwei Nüsse für Munin auf den Terrassentisch gelegt, als ihr Telefon klingelte.

„Du bist ein böser Mensch, Tante Henni."

„Arne? Bist du das?", Henriette blinzelte irritiert mit den Augen.

„Allerdings bin ich das. Warum hast du mich nicht vorgewarnt?!" In Arnes Stimme schwang pure Entrüstung mit.

„Wovor hätte ich dich denn warnen sollen? Ich weiß wirklich nicht, was du meinst."

„Ich meine die Hölle der Ida Brost! Du kannst mir nicht erzählen, dass du nicht weißt, wie diese Frau wohnt. Ich schwöre, ihr Sessel wollte mich auffressen!" Arnes Stimme klang beinahe etwas schrill.

„Ach so, das meinst du", Henriette lachte kurz auf, "Die Hölle der Ida Brost … Das gefällt mir", sie lachte erneut. „Ida hat eben einen sehr eigenen Geschmack."

„Geschmack?! Nein, Tante Henni, *das* hat mit Geschmack nichts zu tun. Nicht einmal mit wirklich schlechtem Geschmack. Und Kaffee kann sie auch nicht kochen. Was auch immer in dieser Tasse war, mit Kaffee hatte das nichts gemeinsam. Himmel Henni, die Brühe, die es bei uns auf der Wache gibt, ist Luxus dagegen!"

„Tut mir leid, dass du so leiden musstest. Hat sich dein Gang durch die Hölle wenigstens gelohnt?"

„Jein."

Schnell gab Arne seiner Tante eine Zusammenfassung seines Besuches bei Frau Brost.

„Das passt alles recht gut zu dem, was Murat uns über diesen Abend erzählt hat."

Jetzt war es an Henriette Arne eine kurze Zusammenfassung von ihrem Besuch bei Murat zu geben.

„Weißt du denn, wann Martin Gormann gestorben ist? Hat Dr. Brummer dazu schon etwas gesagt?", fragte Henriette.

„Zwischen zehn und halb elf."

„Das würde heißen, dass Murat im frühsten Fall der Tat gerade in den Lilien Weg eingebogen ist, als auf der anderen Seite des Marktplatzes irgendjemand Martin in den Brunnen befördert hat", tat Henriette laut kund, was beide eh schon wussten. „Wenn wir Murat also glauben, ist er definitiv aus der Sache raus."

„Weil wir unter uns sind: Ich glaube Murat. Aber natürlich werde ich morgen bei der Pizzeria vorbeigehen und nachfragen."

„Davon bin ich eh ausgegangen. Aber weißt du, was seltsam ist?" Henriettes Stimme klang extrem nachdenklich.

„Was?"

„Murat hat niemanden gesehen und auch sonst nichts bemerkt. Aber die Liesl hat Murat ja angeblich schon an dem Abend gesehen. Wo stand also Liesl? Oder hat sie sich das komplett ausgedacht und einfach nur Glück gehabt, weil Murat an dem Abend wirklich über den Marktplatz gegangen ist? Und wenn Liesl wirklich vor Ort

128

war, wieso hat sie dann außer Murat niemanden gesehen? Ich meine, wir reden hier von einer wirklich kleinen Zeitspanne und einem übersichtlichen Platz."

Arne schwieg einen Moment. Anscheinend musste auch er erst einmal darüber nachdenken und sich die Szenerie innerlich vor Augen führen. „Du hast recht. Ich muss diese Liesl unbedingt aufsuchen und sie fragen, von wo aus sie Murat gesehen haben will und ob ihr vielleicht auch noch etwas anderes aufgefallen ist. Ich schätze, selbst wenn sie an dem Abend noch jemanden gesehen hätte, jemanden, den sie kennt, hätte sie das nicht groß beachtet und auch nicht weitergetratscht, schon weil eine wilde Geschichte über den - entschuldige - *neuen Ausländer* im Ort sich viel aufsehenerregender verbreiten lässt."

„Da stimme ich dir absolut zu. Über nichts lässt sich besser Tratschen als über den Neuen im Ort."

„Und wie schön, dass das Anhängsel *der Neue* zu sein einem auch lange erhalten bleibt. Einmal Zugezogener, immer Zugezogener. Oder hat sich da etwa etwas dran geändert?" Der sarkastische Unterton entging Henriette nicht.

„Nein, daran hat sich leider nicht wirklich etwas geändert." Henriette seufzte. Natürlich kannte auch sie Menschen, die seit Jahren in Kirchhausen wohnten und trotzdem noch immer nicht wirklich als Einheimische galten und deswegen auch oftmals anders behandelt wurden. Das war eine der ländlichen Eigenarten, die sie noch nie leiden und auch nicht verstehen konnte. Für Henriette zählte von jeher immer nur der Charakter. „Das heißt, dass du morgen einen neuen Befragungsmarathon vor dir hast?"

„Des Kriminalers schönster Zeitvertreib." Arne stöhnte leicht.

„Ich dachte, das wäre Schreibtischarbeit", versuchte Henriette ihren Neffen etwas aufzuheitern.

„Wie wahr. Jede noch so langweilige Befragung ist besser, als Berichte tippen und Akten studieren. Außerdem muss ich ja leider zugeben, dass sich kein Fall lösen lässt, ohne eine Menge Schreibtischarbeit. Auch wenn diverse Fernsehkrimis immer komplett ohne auskommen. Beneidenswert."

„Vielleicht solltest du in deinem nächsten Leben einfach Fernsehkommissar werden", schlug Henriette vor.

„Klingt super. Einige wilde Verfolgungsjagden, dann etwas Rumstehen an der Curry-Bude und - zack - , Täter überführt."

„Soll ich dich morgen auf eine falllösende Currywurst einladen?" In Henriettes Stimme schwang ein gewisser Anteil Mitleid mit. Sie bewunderte ihren Neffen für seine Arbeit und für seine genaue Arbeitsweise, aber sie wusste leider auch, dass er in Phasen wie diesen viel zu wenig Schlaf und viel zu wenig gesundes Essen bekam.

„Nein, danke", Arne schüttelte sich innerlich. Schnelles, fettiges Essen aus der Hand hatte er im Moment wahrlich genug. „Aber wenn du dein Angebot auf ein leckeres Mittagessen – sagen wir zum Beispiel auf deine legendäre Linsensuppe - ändern würdest ..."

„Mit Speck und Rindswürstchen?" Henriette strahlte über das ganze Gesicht. Es bereitete ihr einfach eine riesige Freude, wenn sie für Gäste kochen oder backen konnte. Dass die von Arne gewünschte Linsensuppe auch eine ihrer absoluten Leibspeisen war, machte die Sache natürlich noch besser.

„Das klingt phantastisch! Soll ich noch irgendetwas mitbringen?"

„Nein, ich habe alles, was ich für die Suppe brauche, da und die frischen Zutaten hole ich dann morgen früh im *Bauernfreund*. Du musst nur Hunger mitbringen."

„Tante Henni, du bist die Beste."

Nachdem sich die beiden voneinander verabschiedet hatten, ging Henriette hinaus in den Garten. Dabei folgte ihr Mycroft auf Schritt und Tritt und musterte sie neugierig.

„Na mein Großer, begleitest du mich, während ich eine kleine Runde durch den Garten drehe, um mal ein paar Minuten nicht an den schrecklichen Todesfall zu denken?"

„Mau?!" Mycroft blickte sie fragend mit seinen großen, runden Kulleraugen an. Es war offensichtlich, dass ihn der Tod von Martin Gormann nicht wirklich interessierte, viel mehr schien er auf eine lustige Spielrunde mit Henriette zu hoffen, oder wenigstens auf ein irgendwo in ihrer Tasche verstecktes Leckerli.

„Ich weiß, du meinst es nicht böse, aber du bist und bleibst ein kleiner Egoist", Henriette lächelte ihren Kater trotz seines offensichtlichen Desinteresses wohlwollend an. Langsam schritt sie über die Wiese, die so weit von einem englischen Rasen entfernt war wie Bielefeld von New York. Überall sprossen Pflanzen und Blumen, die Rasenliebhaber augenblicklich als Unkraut vernichtet hätten. Als sie sich ihrer Himbeerhecke näherte, an der unzählige pralle, reife Früchte hingen, strahlte sie plötzlich über das ganze Gesicht. „Mycroft, ich habe eine hervorragende Idee. Wir werden jetzt diese herrlichen Himbeeren ernten und dann backe ich uns für morgen ein Dutzend Muffins mit weißer Schokolade und Himbeeren. Das lenkt mich garantiert ab und als Krönung haben wir hinterher noch leckere Muffins."

„Mauuuu." Mycrofts klagendes Maunzen zeigte, dass der Kater von Himbeer-Muffins nicht ganz so begeistert zu sein schien wie Henriette.

„Schon klar, dir wäre ein Thunfisch-Muffin mit einem Hauch Leberwurst lieber." Versonnen kraulte sie den Kater hinter seinen Ohren, bevor sie sich daran machte, die schönsten Beeren zu pflücken und vorsichtig in ihre Schürzentasche zu bugsieren, ohne sie zu zerquetschen. „Vielleicht sollte ich Trudi den Vorschlag für eine Kollektion Hunde- und Katzen-Muffins unterbreiten." Immerhin gab es mittlerweile ja auch Eis für Hunde. Warum also nicht auch Kuchen.

„Mau! Mau!" Das schien eine Idee zu sein, für die sich Mycroft deutlich mehr begeistern konnte. Und so war es wohl auch nicht weiter verwunderlich, dass der Kater Henriette hoffnungsvoll zurück in die Küche folgte, nachdem diese ihre Schürzentasche mehr als gut gefüllt hatte. Geradezu anmutig ließ sich Mycroft vor dem Schränkchen mit den Dosenvorräten nieder und blickte Henriette erwartungsvoll an. Er hatte im Garten ganz klar und deutlich das Wort *Thunfisch* vernommen und den forderte er nun auch unmissverständlich ein. Doch Henriette war damit beschäftigt, die Himbeeren aus ihrer Tasche zu holen und beachtete den Kater nicht weiter. Aber so einfach gab der Kater natürlich nicht auf. Mit einem lauten: „Mau!?" strich er zuerst Henriette um die Beine, um alsdann seinen Kopf an der Ecke des Vorratsschränkchens zu reiben. Von all dem Miauen angelockt betrat nun auch Mrs.Hudson neugierig die Küche. Nach einem kurzen Rundumblick erfasste sie die Lage und machte sich augenblicklich auf den Weg zu Mycroft, um ihm bei seiner *Bestellung* zu unterstützen. So saßen nun also beide Katzen vor dem Schränkchen, in dem sich der Thunfisch befand und untermalten ihre Forderung durch lautstarkes Miauen.

„Ich sprach vom Kreieren von Thunfisch-Leberwurst-Muffins. Nicht davon, euch jetzt sofort eine Dose Fisch zu geben!" Henriette stemmte ihre Hände in die Hüften und blickte ihre zwei quengelnden Fellnasen streng an. Doch so einfach ließen sich die beiden natürlich nicht von ihrem Futterwunsch abbringen. Mit stoischer Gelassenheit blieben sie miauend vor der Kommode sitzen.

„Ihr tretet also in einen Sitzstreik. Schön, meinetwegen." Demonstrativ kümmerte sich Henriette um ihre Beeren und begann die weiteren Zutaten für ihre Muffins zusammenzutragen. So viel Ignoranz konnten ihr die Katzen natürlich nicht durchgehen lassen. Unisono stimmten sie ein anklagendes Katzenkonzert an. Zunächst versuchte Henriette das einfach nicht zu beachten. Sie fügte die ersten Zutaten für ihre Muffins zusammen und wog weitere Zutaten ab. Doch noch bevor die Küchenmaschine zum Einsatz kam, war Henriette weich gekocht. Sie ärgerte sich einen kurzen Moment über ihre eigene Schwäche, seufzte kurz und ging dann zu dem belagerten Schränkchen. Kaum stand sie vor der Kommode, endete das Konzert und sowohl Mrs. Hudson als auch Mycroft blickten sie an, als ob sie kein Wässerchen trüben könnten.

„Ihr seid ganz, ganz schlechte Schauspieler! Diese Unschuldsmienen kauft euch kein Mensch ab. Ihr seid miese kleine Terroristen. Getarnt durch ein pelziges, niedliches Kostüm! Jawohl!"

Henriette griff sich eine Dose *Thunfisch in eigenem Saft*, füllte betont langsam je eine Portion in die Futterschälchen der Katzen, wobei sie die beiden, so gut es eben ging, ignorierte. So eine Erpressung dürfte auf keinen Fall zur Gewohnheit werden. Dann stellte sie die Näpfe - ebenfalls betont langsam - auf den Futterplatz und sagte mit entschlossener Stimme: „Glaubt ja nicht, dass ihr das jetzt immer so abziehen könnt. Euer Anschlag auf meinen Gehörgang hat nur deswegen Erfolg, weil mich der Tote im Brunnen schon so viele Nerven kostet. Unter anderen Umständen würde ich das locker aussitzen! Aber locker!"

Obwohl Henriette ihre Ansprache als sehr gelungen empfand, würdigten sie ihre beiden Mitbewohner keines Blickes. Die waren voll und ganz auf ihren ergaunerten Thunfisch konzentriert.

„Gauner, Diebe und Halunken!", schleuderte Henriette den beiden noch entgegen, bevor sie sich endgültig an die Zubereitung ihrer Muffins machte. Als sie die Ergebnisse gute 30 Minuten später aus dem Ofen holen konnte, war sie nicht nur deutlich entspannter, sondern auch voller Begeisterung für ihre kleinen Köstlichkeiten. Die Muffins sahen nicht nur phantastisch aus, sondern sie rochen auch einfach himmlisch. Mit einem zufriedenen Lächeln stapelte sie ihre kleinen Lieblinge vorsichtig in eine Etagere, deckte sie zu und ging ins Wohnzimmer. Dort lagen Mrs. Hudson und Mycroft in inniger Zweisamkeit auf der Couch, was Henriette dazu veranlasste, sich demonstrativ nicht auf die Couch zu setzten, sondern sich in ihren abgesessenen Sessel plumpsen zu lassen. Verwundert wurde sie daraufhin von vier fragenden Katzenaugen angestarrt. Kein Wunder, denn normalerweise setzte sich Henriette abends gerne zu den Katzen auf die Couch, die sich dann zufrieden schnurrend an Henriette schmiegten und so ließen dann alle gemeinsam den Tag entspannt ausklingen.

„Ihr braucht gar nicht so zu schauen. Ich hab eure Thunfisch-Erpressung noch nicht vergessen." Henriette zog eine übertriebene Schnute. Eine Geste, die die Katzen anscheinend sehr gut deuten konnten, denn keine 30 Sekunden später standen beide vor Henriettes Sessel und blickten sie beinahe reumütig an. Sanft rieb Mrs. Hudson ihren Kopf an Henriettes Knöchel und es schien fast so, als wolle sie sich für das Theater in der Küche entschuldigen. Bei so viel Reue konnte Henriette einfach nicht länger böse sein.

„Ihr seid zwei ganz Ausgebuffte. Ihr wisst ganz genau, wie ihr mich manipulieren könnt." Sie lächelte die beiden versonnen an und öffnete dann ihre Arme. Eine Geste, die die beiden als eindeutiges Zeichen für eine ausgedehnte Kuscheleinheit verstanden. Und so sprangen beide flugs auf Henriettes Schoss, wo sie sich unter den Streicheleinheiten von Henriette zufrieden schnurrend niederließen. Während der Abend im Hause Weber also einen ganz gemütlichen und entspannten Verlauf nahm, gestaltete er sich nur wenige hundert Meter gänzlich anders …

Kapitel 6

Theresia Hein blickte erst zur Uhr an der Küchenwand, dann in die Töpfe auf dem Herd. Wenn es keine unerwarteten Zwischenfälle gab, müsste der Pfarrer in ungefähr einer halben Stunde von seiner kleinen Runde durch die Gemeinde zurück sein und sie war sich ziemlich sicher, dass dann auch das Putengulasch fertig sein würde. Der Herr Pfarrer liebte ihr Putengulasch. Dazu würde sie einen kleinen Tomatensalat mit frischen Kräutern servieren. Sie hatte heute eine ganze Schüssel Tomaten geerntet. Der Garten der Pfarrei war zwar nicht besonders groß, aber Theresia nutzte jeden Zentimeter äußerst effektiv.

Plötzlich wurde das stete Geräusch der tickenden Wanduhr durch ein leichtes, dumpfes Schaben vor der Haustür unterbrochen. Theresia runzelte irritiert die Stirn, dann ging sie zur Tür und öffnete sie. Auf der Matte vor der Haustür lag ein brauner Umschlag. Theresia bückte sich, hob den Umschlag auf und betrachtete ihn neugierig. Es war offensichtlich, dass der Brief gerade erst persönlich dort abgelegt worden war. Keine Briefmarke, kein Absender und als Empfängeradresse war lediglich „An den Pfarrer" angegeben. Unsicher sah sich Theresia um. Doch weit und breit war niemand zu sehen. Sie steckte den Umschlag in ihre Kittelschürze und ging zurück in die Küche. Ein

Blick in die Kochtöpfe verriet ihr, dass beim Gulasch alles nach Plan lief und so konnte sie sich in aller Ruhe dem ominösen Umschlag widmen. Mit dem Blick zur Tür setzte sie sich an den Küchentisch und zog den Brief aus ihrer Tasche. Ein erneutes Drehen und Wenden zeigte nichts Auffälliges. Kurz überlegte Theresia, ob sie den Umschlag vorsichtig über heißem Wasserdampf öffnen sollte, entschied dann aber, dass das nicht nötig sein würde, da der Umschlag keinerlei Auffälligkeiten aufwies. Gegebenenfalls würde sie den Brief einfach in einen neuen Umschlag stecken und behaupten, er sei genauso abgegeben worden. Ein einfacher, kurzer Blick auf das Papier im Inneren zeigte ihr jedoch sehr schnell, dass sie keinen neuen Umschlag brauchen würde. Dieser Brief dürfte niemals in die Hände des Herrn Pfarrers gelangen! Das war eine Angelegenheit, die sie ganz alleine übernehmen würde. Nie im Leben würde sie zulassen, dass jemand ihren Herrn Pfarrer erpresste und nichts weiter war dieser Brief: ein Erpresserschreiben! Was für eine bodenlose Frechheit! Der Absender dieses schmierigen Briefes wollte allen Ernstes zehntausend Euro, weil sonst der ganze Ort erfahren würde, in welchen verwandtschaftlichen Verhältnis der Tote zum Pfarrer gestanden hatte.

Nein, das konnte sie dem Pfarrer nicht zeigen. Das musste sie ganz alleine regeln. Schnell notierte sie sich den angegebenen Treffpunkt, zu dem der

Pfarrer mit dem Geld kommen sollte, anschließend verbrannte sie den Brief samt Umschlag in der Spüle und ließ Wasser nachlaufen.

„Uh! Himmel Theresia, sagen Sie nicht, dass Ihnen das Essen angebrannt ist."

Erschrocken drehte sich Theresia um und blickte verlegen zu Boden. Sie konnte dem Pfarrer jetzt nicht in die Augen schauen.

„Natürlich nicht."

„Oder haben Sie heimlich geraucht?" Der Pfarrer sah Theresia erst ernst und mit hochgezogenem Auge an, doch dann zwinkerte er ihr belustigt zu. „Nur ein Scherz."

„Weiß ich doch." Geschäftig deckte Theresia den Tisch, bereitete den Salat zu und versuchte dabei dem Pfarrer möglichst nicht in die Augen zusehen. Der hatte sich bereits am Küchentisch niedergelassen und blätterte schweigend im Gemeindeblatt. Er spürte sehr deutlich, dass Theresia irgendetwas bewegte, dass sie im Moment aber auf keinen Fall darüber reden wollte. Also ließ er sie einfach werkeln.

Die Stimmung im Pfarrhaus blieb auch während des Essens eher unterkühlt und so verabschiedete sich der Pfarrer frühzeitig. Er würde in seinem Zimmer noch etwas lesen oder schon ein paar Ideen für die nächste Predigt ausarbeiten. Er kannte Theresia lange genug, um sich sicher sein zu können, dass sie sich an ihn wenden würde, wenn sie bereit dafür war. So war es in all den Jahren, in denen sie für ihn arbeitete, noch immer gewesen.

Wie hätte er auch ahnen können, dass sie dieses Mal ganz sicher nicht zu ihm kommen würde …

Kapitel 7

Arnes nächster Tag begann früh. Er wollte vor den anstehenden Befragungen unbedingt noch auf der Wache vorbeifahren und sich persönlich auf den neusten Stand der Dinge bringen lassen. In seinem Büro traf er auf seinen Kollegen Andreas Müller, der angestrengt auf den Computermonitor starrte und dabei immer wieder geradezu automatisiert an seiner Kaffeetasse nippte, nur um danach jedes Mal angewidert das Gesicht zu verziehen. Die Grimassen, die dabei entstanden ließen, Arne schmunzeln.

„Du hast ja keine Ahnung, wie gut unser Kaffee ist", begrüßte Arne seinen Freund und Kollegen gut gelaunt. Nach dem Kaffee-Horror in der Hölle der Ida Brost sah er die Brühe aus dem Büroautomaten mit ganz anderen Augen. Natürlich kam er nicht annähernd an einen frisch aufgebrühten Filterkaffee aus *Antonios-Bar* - Arnes und Andreas` bevorzugter Ort für eine kurze Pause - heran. Und Arnes Lieblingskaffee, einen schönen Latte Macchiato, konnte die Büromaschine erst gar nicht. Aber im Vergleich zu dem undefinierbaren Gebräu von gestern …

„Bist du krank? Hast du Fieber? Oder hat sich ein fieser Alien in deinem Körper eingenistet? Du kennst doch die Plörre aus unserem Automaten. Wie kannst du also selig lächelnd da stehen und behaupten, dass der gut sei?" Müller schüttelte ungläubig seinen Kopf und starrte seinen Kollegen aus seinen schlauen, stahlgrauen Augen an. Dabei flogen seine blonden Locken wild durch die Luft.

„Wenn deine Haare rot wären, würdest du jetzt aussehen wie Pumuckel", lachte Arne.

„Witzig, Arne. Sehr witzig." Andreas Müller stellte den Kaffeebecher auf seinem Schreibtisch ab und schob ihn anschließend mit angeekeltem Gesichtsausdruck so weit weg wie möglich.

„Wenn du den Kaffee nicht mehr willst ..." Arne griff sich den Becher und nahm demonstrativ einen großen Schluck. „Hm, köstlich."

„Du spinnst doch."

„Glaube mir, ich habe gestern einen Kaffee bekommen, dagegen ist das hier der pure Luxus." Arne schüttelte sich leicht, allein der Gedanke an die gestrige Hölle ließ ihn das Ganze erneut durchleiden und das war nicht schön.

„Wo um alles in der Welt warst du?", ungläubig sah Andreas seinen Freund an. Dieser ließ sich auf den Stuhl gegenüber plumpsen und begann mit seinem Bericht.

Nachdem Arne seine Geschichte beendet hatte, konnte Andreas sich kaum noch halten vor Lachen. Er grölte so laut und ausdauernd, dass irgendwann der Hubner Michi aus dem Büro gegenüber seinen Kopf durch die Tür steckte und dezent darauf hinwies, dass man sich hier in einer Polizeistation und nicht im Affenhaus befinden würde. Nach einigen weiteren Glucksern hatte Andreas sich schließlich wieder unter Kontrolle. „Das ist mit Abstand eine der besten Geschichten, die ich seit langem gehört habe."

„Fein, wenn es aus irgendwelchen Gründen nötig wird, eine der Damen erneut zu befragen, sage ich dir Bescheid. Du kannst das dann gerne übernehmen. Themenwechsel: Habt ihr Neues für mich aus Hamburg? Haben wir Beweise für eine Vaterschaft des Pfarrers? Oder irgendetwas anderes, was uns weiterbringen würde?"

„Nur ein paar Briefe, die nach Aussage der Beamten vor Ort eigentlich eher als „Zettelchen" durchgehen."

„Inhalt?"

„Kleine Neckereien, Verabredungen …"

„Keine Hinweise auf Stefan Gormans Vater?" Arnes Stimme verriet, dass er sich im Grunde keine Hoffnung auf einen eindeutigen Hinweis machte.

„Wenn du jetzt auf den Polizisten-Sechser hoffst und von einer Geburtsurkunde oder ähnliches träumst, muss ich dich enttäuschen."

„Wäre ja auch zu schön gewesen. Wir haben also zwei vergilbte Fotos, auf denen wir den Pfarrer und die junge Martina sehen, ein paar Zettelchen ohne nennenswerten Inhalt und das war es!?" Arne wuschelte sich genervt durch seine kastanienbraunen Haare.

„Leider ja." Voller Mitgefühl zuckte Andreas mit den Schultern. „Aber hey, das sieht heute Abend bestimmt schon viel besser aus. Ein ganzer Karton mit persönlichen Dingen ist aus Hamburg auf dem Weg zu uns und sollte eigentlich in den nächsten Stunden hier eintreffen. Da wühle ich mich dann Stück für Stück durch, und wer weiß … "

„Das liebe ich so an dir. Diese uneingeschränkte Zuversicht. Wo andere nicht einmal ein Kerzenflackern erahnen, siehst du schon das grelle Licht am Ende des Tunnels."

„Natürlich. In diesem Fall sehe ich das Licht am Tunnelende sogar ziemlich hell und deutlich. Immerhin werden über 90 % der Tötungsdelikte in Deutschland aufgeklärt. Wenn wir einen Einbruch aufzuklären hätten, wäre mein Licht allerdings auch eher ein Lichtlein, da ist die Aufklärungsquote bekanntermaßen ja leider nicht ganz so doll." Andreas lächelte Arne mit freundlich funkelnden Augen an.

„Na, dann kann ja gar nichts mehr schiefgehen", der Sarkasmus triefte nur so aus Arnes Stimme. In kurzen Sätzen informierte er seinen Kollegen über die zwei Befragungen, die er heute noch vornehmen wollte.

„Dann drücke ich dir mal die Daumen, dass du nicht gleich auf die nächste Kaffee-Hölle triffst", verschmitzt blickte Andreas seinen Freund an.

„Dann werde ich sicherheitshalber wohl zuerst Frau Denkhofer besuchen. Wenn dort die nächste Hölle wartet, kann ich mich wenigstens bei Tante Hennis Linseneintopf in Ruhe davon erholen."

„Uih Linsen. Mit Rindswürstchen?"

„Ja, mit frischen Rindswürstchen und Speck."
Arne musste sich ein Grinsen verkneifen, als er
Andreas` verträumten Blick sah. „Was hältst du
davon, wenn wir uns heute Nachmittag hier treffen,
unsere Ergebnisse austauschen und ich dir dazu
einen großen Becher Suppe mitbringe?"

„Mit Wurst?" In Andreas` Augen blitzte es voller
Begeisterung und Vorfreude auf.

„Mit Wurst. Versprochen."

Als Liesl Denkhofer Arne eine gute halbe Stunde
später die Tür öffnete, wirkte sie keineswegs
überrascht, ihn zu sehen. Eher wirkte es, als hätte
die kleine, leicht untersetzte Frau ihn bereits
erwartet. Freudestrahlend wischte sie sich ihre
Hände an einer Blümchenschürze ab und blickte
ihn aus wässrigen, aber schlauen kleinen Augen an.

„Sie müssen Kommissar Voß sein", begrüßte sie
ihn überschwänglich. „Kommen Sie doch herein.
Ich habe gerade frischen Kaffee aufgebrüht."

In Arnes Bauch zog sich alles zusammen. Auf
keinen Fall würde er hier einen Kaffee trinken.
Auch wenn die Einrichtung von Frau Denkhofer
bei weitem nicht so gruselig aussah wie die ihrer
Freundin Ida. Im Gegenteil. In diesem Haus deutete
nichts auf eine Bewohnerin im Rentenalter hin.
Dabei wusste Arne, dass Liesl in Kürze die 70
hinter sich lassen würde. Schon die Diele wirkte
mit ihren einfachen weißen Wänden hell und einige

gezielt platzierte Blumensträuße brauchten Frische und Farbe hinein. Auch das Wohnzimmer, in welches Liesl ihn gebeten hatte, war das ganze Gegenteil von Idas Kissen-Hölle. Natürlich gab es hier auch Kissen. Zwei. Und die passten farblich perfekt zu der Couch, auf der sie platziert wurden. Im Großen und Ganzen erinnerte ihn Liesls Haus ein wenig an das seiner Tante. Nur viel cleaner.

Liesl schien eine Vorliebe für weiß zu haben und Deko schien sie strategisch einzusetzen. Arne kam sich vor, als wäre er in einer dieser *Schöner Wohnen* Zeitungen gelandet. Arne fragte sich, wie jemand, der so aufgeräumt lebte, den unschönen Hang zum Tratschen haben konnte. Irgendwie wollte das in seinen Augen nicht zusammen passen, obwohl er natürlich wusste, dass das kompletter Unsinn war. „Schon seltsam", dachte er, „wie automatisch man selbst als Profi einem gewissen Schubladendenken verfallen konnte."

„Soll ich uns eben einen Kaffee holen?", griff Liesl das Thema erneut auf.

„Für mich nicht. Danke. Ich hatte heute bereits zwei große Becher und wenn ich jetzt noch einen Kaffee trinke, wird mir mein Magen das sehr übel nehmen", er lächelte entschuldigend.

„Dann vielleicht einen Tee? Ich habe da eine phantastische Kräutermischung, die extrem schonend für den Magen ist."

„Das ist wirklich sehr freundlich von Ihnen, aber nicht nötig. Ich würde Ihnen lieber einfach gleich meine Fragen stellen."

„Natürlich."

„Wie Sie sich ja sicher denken können, komme ich wegen dem Toten im Brunnen", begann Arne seine Befragung.

„Ich weiß aber doch gar nichts darüber." Liesls Augen waren hellwach.

„Da ist aber jemand auf der Hut", dachte Arne. „Mir ist zugetragen worden, dass Sie Herrn Murat Yilmaz an jenem Abend auf dem Marktplatz gesehen haben wollen."

„Habe ich ja auch." Trotzig blickte Liesl den Kommissar an.

„Können Sie mir dann bitte genau erzählen, wann und wo Sie Herrn Yilmaz gesehen haben."

„Sicher. Das war am Samstag. Samstag Abend. So gegen 22 Uhr. Ich war auf dem Weg nach Hause und da hat mich der Neue überholt. Der hat es verdammt eilig gehabt." Liesl schaute Arne an, als wäre schnelles Gehen ein eindeutiges Schuldeingeständnis.

„Wo hat Herr Yilmaz Sie denn genau überholt?", fragte Arne nach, wobei er das *Herr Yilmaz* besonders freundlich betonte.

„Am Anfang der Rathausstraße. Beim Rathaus halt. Ist an mir vorbei gezischt und dann in der Pizzeria verschwunden."

Arne nickte. „Und Sie sind dann weiter gegangen?"

„Sicher."

„Haben Sie außer Herrn Yilmaz sonst noch jemanden gesehen?"

„Nein. Außer mir war da nur der Neue."

„Gut, ich fasse kurz zusammen: Sie waren am Samstagabend gegen 22 Uhr auf dem Weg nach Hause, als Herr Yilmaz Sie auf Höhe des Rathauses - in der Rathausstraße - überholt und dann in die Pizzeria gegangen ist. Andere Personen sind Ihnen nicht aufgefallen."

„Ganz genau so war es", bestätigte Liesl Denkhofer und nickte dabei so heftig mit dem Kopf, dass ihre grauen Haare lustig auf und ab wippten.

„Nur der Vollständigkeit halber: Gehört haben Sie auch nichts Ungewöhnliches?"

„Gehört?", Liesl überlegte kurz. „Nein, da war nichts. Außer natürlich die Glocken von St. Nikolaus."

Arne bedankte sich bei Liesl Denkhofer und verabschiedete sich. Wieder auf der Straße, atmete er tief durch. Dieser Besuch war genauso gelaufen, wie er es erwartet hatte. Ergebnislos! Liesl hatte rein gar nichts gesehen oder gehört, was Arne weitergebracht hätte. Selbst die Aussage, dass sie Murat auf dem Marktplatz gesehen hätte, war gelogen. Die Rathausstraße verband zwar den Platz mit der Maximilianstraße, aber sehen konnte man von dort wahrlich nicht viel. Schon gar nicht, wenn man - so wie Liesl und Murat - vom Platz kam und ihn somit im Rücken hatte.

Als Arne wenig später Henriettes Gartentor öffnete, registrierte er, dass es noch immer quietschte. Hinter dem Törchen empfing ihn eine wahre Gartenpracht. Überall summte und brummte es und inmitten dieser blühenden Oase kniete seine Tante und lockerte die Erde in einem Gemüsebeet mit einer kleinen Gartenkralle. Auf ihrem Kopf thronte ein riesiger Strohhut und neben ihr lag ihre grau-weiß getigerte Katze Mrs. Hudson und putzte sich ausgiebig ihre Pfoten. Von Mycroft, ihrem Kater war hingegen nichts zu sehen. Vermutlich war der mürrische Draufgänger gerade auf einer Runde durch die Nachbarschaft.

„Und wie so oft finde ich dich kriechend zwischen deinen Beeten", begrüßte Arne seine Tante und trat neben sie.

„Arne. Ich habe dich gar nicht kommen gehört." Schwungvoll erhob sich Henriette und wischte sich ihre sandigen Hände an ihrer Gartenschürze ab, bevor sie ihren Neffen herzlich umarmte.

„Und das, obwohl dein Gartentor noch immer quietscht, als würde man ein altes Burgverlies öffnen. Muss ich mir etwa um dein Gehör Sorgen machen?"

„Erstens: So schlimm quietscht es nun wirklich nicht. Zweitens: Ich habe mich irgendwie an das

Quietschen gewöhnt und drittens: Ich höre ganz phantastisch! Jetzt gerade höre ich zum Beispiel ganz genau, dass wir gleich Besuch bekommen werden."

Arne schaute seine Tante etwas irritiert an, doch dann hörte er das Krächzen auch und fast im selben Augenblick landete ein großer, prächtiger schwarzer Rabenvogel mitten auf Henriettes riesigem Strohhut.

„Munin, was machst du denn. Das ist doch keine Landebahn", Henriette lachte laut auf und hielt ihrem gefiederten Freund ihren Arm hin, den dieser gerne als neuen Sitzplatz annahm. Aus klugen dunklen Augen blickte er Arne an, legte seinen Kopf schief und betrachtete den Kommissar eingehend.

„Er starrt mich an, als ob er mich noch nie gesehen hätte", wunderte sich Arne über diese offensichtliche Musterung, bevor er den Vogel direkt ansprach: „Munin, was ist los? Du kennst mich doch." Arne würde das im Leben nicht zugeben, aber immer wenn dieser große, schwarze Vogel so nah vor ihm saß, hatte er einen Heidenrespekt. Natürlich wusste er, dass Munin absolut friedlich war. Seit seine Tante dem Raben das Leben gerettet hatte, indem sie ihn wochenlang gepflegt und umsorgt hatte, als er mit einem gebrochenen Bein in ihrem Garten lag, kam er immer wieder, um sich die eine oder andere Leckerei abzuholen und vor einiger Zeit hatte er -

gemeinsam mit den beiden Katzen - sogar einen Überfall auf seine Tante verhindert.

„Ich schätze, er will ganz einfach eine Nuss von dir" Henriette schmunzelte.

„Ich habe aber keine Nuss."

Der Rabe stieß ein lautes: „Kräh!" aus und hüpfte noch ein Stück näher an Arne heran.

„Dann sollten wir am besten in die Küche gehen und eine Nuss holen", schlug Henriette vor, woraufhin der Rabe nun sie voller Erwartung aus seinen Knopfaugen ansah.

Zu dritt traten sie durch die Terrassentür und standen in Henriettes wunderschönen Landhausküche.

Henriette setzte den Raben vorsichtig auf den Küchentresen ab und griff sich dann die Dose, in der sie immer ein paar Nüsse und andere Leckereien aufbewahrte.

„Hier mein Freund." Sie gab dem Vogel eine Walnuss und schon flog er zurück in den Garten, wo er seine Nuss in aller Ruhe auf dem Gartentisch sitzend verspeiste.

„Du verwöhnst ihn." Arne wackelte mahnend mit dem Finger.

„Ich weiß." Henriette zuckte mit den Schultern.

Als Arne den riesigen Topf auf dem Herd stehen sah, stahl er sich hinüber, hob den Deckel vorsichtig an und schnupperte tief. Ein seliges Lächeln legte sich auf sein Gesicht.

„Du hast den Linseneintopf ja schon fertig", stellte er noch immer lächelnd fest.

„Natürlich. So ein Eintopf muss schließlich möglichst lange ziehen. Noch besser wäre er natürlich morgen ..."

„Oh nein, ich werde ganz sicher nicht bis morgen warten. Das riecht so gut ..." Ein leises Brummen erfüllte die Küche.

„Wenn du magst, können wir gerne schon zu Mittag essen." Henriette blickte ihren Neffen fragend an. Hatte da gerade etwa sein Magen geknurrt? „Hast du heute etwa noch nichts gegessen?" Henriette blickte ihren Neffen mit einem leicht vorwurfsvollen Blick an.

„Ehrlich gesagt nein. Nur zwei Kaffee." Arne setzte ein entschuldigendes Lächeln auf und sah dabei aus wie ein Fünfjähriger, der beim Griff in die Plätzchendose erwischt wurde und nun auf eine milde Strafe hoffte.

Henriette seufzte. Das waren die Momente, in denen sie sich sehnlichst eine Frau an der Seite ihres Neffen wünschte. Kopfschüttelnd ging sie erst zum Kühlschrank, um die Rindswürstchen von der Metzgerei Heitmeyer herauszuholen. Dann ging sie hinüber zum Herd und erwärmte die Linsen.

„Soll ich die Wurst schneiden?" Henriette schaute ihren Neffen fragend an.

„Also ich mag sie ja lieber ungeschnitten."

„Prima ich auch."

Henriette nahm zwei Paar Rindswürste aus der Metzgertüte und legte sie in den Eintopf.

Kurz darauf saßen die beiden vor ihren dampfenden Schüsseln und genossen Henriettes Linsen.

„Also ehrlich, Tante Henni, deine Linsen sind der Hammer!"

„Danke, das hört die Hausfrau gerne", Henriette grinste ihren Neffen an.

„Ach, und ehe ich es nachher noch vergesse: Ich hab dem Andreas versprochen, ihm eine große Portion von deinem Eintopf mitzubringen. Mit Würstchen."

„Ich fülle dir eine doppelte Portion in eine mikrowellentaugliche Schüssel, das könnt ihr euch dann problemlos warm machen und natürlich packe ich euch auch ein paar Würstchen ein. Aber nun erzähl, wie war es bei der Liesl?"

Und so erzählte Arne.

„Sie hat also im Grunde nichts gesehen, was wir von Murat nicht eh schon gehört haben."

„Nein. Nichts."

„Und, was hast du jetzt vor? Wie willst du weiter vorgehen?"

„Ehrlich gesagt: Ich weiß es nicht." Arne raufte sich die Haare. „Nachher werde ich natürlich noch kurz bei der Pizzeria von Mariella vorbeischauen, aber dann ..."

Henriette sah ihrem Neffen an, wie ratlos und verzweifelt er war.

„Ich bin mir sicher, du wirst einen Weg finden und herausfinden, was da am Klara-Brunnen genau passiert ist und den Verantwortlichen verhaften. Bis jetzt hast du schließlich noch jeden Fall gelöst." Sie streichelte Arne aufmunternd über seinen Arm.

Als Arne am Nachmittag zu Andreas ins Büro zurückkehrte, hatte sich seine Laune nicht wirklich gebessert. Der Besuch in der Pizzeria war absolut erfolglos gewesen, weil der Kellner, der Murats Bestellung aufgenommen hatte, krank war und weder Mariella noch ein anderer ihrer Angestellten sich an Murat erinnern konnte. Also blieb Arne nichts weiter übrig, als Mariella zu bitten, ihm Bescheid zu geben, wenn besagter Kellner wieder fit war.

Leider war es Andreas nicht besser ergangen. Er hatte zwei Kisten mit mehr oder weniger persönlichen Dingen und Papieren aus Hamburg bekommen, jedoch bisher nichts gefunden, was ihnen weitergeholfen hätte.

„Verflixt! Das ist doch zum Mäusemelken! Es muss doch irgendetwas geben. Irgendjemand muss doch an dem Abend irgendetwas gesehen oder gehört haben. Auch wenn in Kirchhausen abends so gut wie nichts los ist. Irgendwer schaut doch immer neugierig aus dem Fenster oder muss mit dem Hund raus." Arne war am Rande einer kompletten Verzweiflung. „Wenn wir wenigstens einen Hinweis auf den Vater von Stefan Gormann finden würden." Seufzend zog er einen Schnellhefter aus einem der Kartons und schlug ihn auf. „Andreas, ich glaube, ich habe den Jackpot!" Arne strahlte und blätterte hektisch durch die Papiere im Schnellhefter. „Das hier muss der Ordner sein, den meine Mutter stets als den *Katastrophen-Ordner* bezeichnet."

„Den was?" Andreas sah seinen Kollegen verständnislos an.

„Den *Katastropfen-Ordner*. Das ist der Ordner, in dem man alle wirklich wichtigen Dokumente und Papiere aufbewahrt und den man sich im Katastrophenfall unbedingt unter den Arm klemmen sollte. Du weißt schon: Bankunterlagen, Lebensversicherung, Hochzeitsurkunde und -" triumphierend zog er ein Blatt Papier hervor „Geburtsurkunden. Dann wollen wir doch mal sehen ..." Doch kaum, dass Arne einen Blick auf die Geburtsurkunde von Stefan Gormann geworfen hatte, verschwand sein Lächeln auch schon wieder. „Ahhh! Warum hasst mich dieser Fall eigentlich so?"

„Was ist denn?"

„Vater unbekannt. Das ist."

„Was?" Andreas verstand offensichtlich nur Bahnhof.

„Martina Gormann hat keinen Vater angegeben."

„Oha, da wollte jemand aber mal auf jeden Fall verhindern, dass der Vater des kleinen Stefan bekannt wird."

„So sieht es aus. Aber warum? Warum wollte Martina Gormann so dringend verhindern, dass der Vater bekannt wird? Selbst nachdem sie hunderte von Kilometer zwischen sich und Kirchhausen gebracht hatte?"

„Naja, wenn sie tatsächlich vom Herrn Pfarrer geschwängert wurde ...", gab Andreas zu bedenken.

„Hm, ich weiß nicht. Irgendetwas ist an der ganzen Sache seltsam. Ich weiß nur noch nicht was ..."

Schweigend arbeiteten sich die beiden durch die restlichen Dinge aus den zwei Kartons, doch außer ein paar halb vergilbten Fotos und einer alten Postkarte (ohne Unterschrift) an Martinas Kirchhausener Adresse war nichts Interessantes dabei.

Andreas lehnte sich weit in seinem Stuhl zurück und starrte schweigend an die Decke.

„Was denkst du?"

„Wenn ich ehrlich sein soll: Nicht viel. Wir haben ja auch nicht viel. Zwei Fotos, auf denen wir den jungen Pfarrer und Martina sehen, ein paar Zettel mit mehr oder weniger persönlichen Nachrichten und ein Opfer, das zwar einen schweren Schlag auf den Hinterkopf bekommen hat, dann aber einfach blöd gefallen und ertrunken ist. Im Grunde wissen wir nicht einmal, ob unser Täter die Absicht hatte, Stefan Gormann umzubringen, oder ob er ihn nur außer Gefecht setzen wollte und der Rest ist dann dumm gelaufen.

Vielleicht war es doch einfach der Nachtrag der Wirtshaus-Rangelei."

„Meine Tante glaubt nicht, dass der Kneitel etwas mit dem Angriff zu tun hat."

„Und was glaubst du?", fragte Andreas seinen Freund und Kollegen, während er unruhig mit seinem Stuhl hin und her wippte.

„Ich würde den Kneitel nicht komplett ausschließen. Der Typ hat definitiv Aggressionspotenzial. Auch wenn sich halb Kirchhausen anscheinend sicher ist, dass er zwar schnell aufbrausend sein kann, aber ganz sicher niemanden von hinten erschlagen würde. Anscheinend glaubt man im Ort, dass er eher der Typ für Face to Face Angriffe ist."

„Wie beruhigend", kommentierte Andreas diese Ausführungen sarkastisch.

„Meine Tante findet den Pfarrer extrem gruselig."

„Gruselig?" Andreas hörte auf zu wippen und sah Arne fragend an.

„Sie mag sein aufgesetztes Lächeln nicht. Es erinnert sie an Penny Wise, den Horror-Clown aus *Es*. Außerdem ist sie sich sicher, dass er uns Dinge verschwiegen hat, als wir ihn befragt haben."

„Aber ihr habt keine Ahnung, was der gute Herr Pfarrer uns nicht sagen möchte?"

„Nein."

Während Arne und Andreas sich weiter durch die Unterlagen kämpften, bereitete sich in einigen

Kilometern Entfernung Theresia Hein auf einen geheimen, abendlichen Ausflug vor.

In bester Kleinkriminellen-Manier hatte sie sich eine schwarze Hose und einen dunkelblauen Pullover angezogen und würde dieses Outfit später noch durch eine schwarze Wollmütze und dunkle Sportschuhe ergänzen. Sie wollte deutlich vor der vom Erpresser geforderten Zeit am Ort der geplanten Geldübergabe sein, um zu sehen, welcher niederträchtige, ungläubige Schuft es wagte, ihren Herrn Pfarrer erpressen zu wollen. Leider endete ihr Plan an dieser Stelle aber auch schon. Sie hatte keine Ahnung, was sie machen sollte, wenn sie den Erpresser gesehen und hoffentlich auch erkannt hatte. Aber in der Hinsicht baute sie auf ihren Glauben. Der Herr würde ihr den richtigen Weg schon zeigen. Zunächst galt es einfach dem Erpresser ein Gesicht zu geben und dazu musste sie rechtzeitig auf dem Spielplatz am See sein, denn dorthin hatte der Erpresser den Pfarrer in seinen Erpresserschreiben beordert.

Der Pfarrer saß in seinem Arbeitszimmer. Er arbeitete bereits seit Stunden an seiner Predigt für die Sonntagsmesse und so konnte Theresia sich problemlos unbemerkt aus dem Haus schleichen. Bereits wenige Minuten später hatte sie sich unter einer großen Trauerweide direkt hinter dem Spielplatz positioniert. Von hier hatte sie den ganzen Spielplatz und vor allem auch das Eingangstörchen zum Platz perfekt im Blick und so wartete sie geduldig, während die Abenddämmerung einsetzte und so den Beginn der Blauen Stunde einläutete.

Theresia musste eine ganze Weile warten und hätte beinahe aufgegeben, als sie schließlich eine dunkel gekleidete Gestalt den Weg entlang kommen sah. Wie versteinert verharrte Theresia unter ihrer Weide und wagte kaum zu atmen. Vor dem Eingang zum Spielplatz blickte sich die Gestalt erst einmal suchend um und ging dann zügig zur Rutsche. Dort setzte er sich auf die Rutschenkante und wartete.

Extrem vorsichtig, um bloß kein Geräusch zu verursachen, kramte Theresia in ihrer Jackentasche und förderte schließlich ein kleines Fernglas zu Tage. Die Dämmerung machte es zwar nicht gerade einfach etwas zu erkennen, aber das, was Theresia sah, reichte ihr vollkommen. Sie hatte den Erpresser sofort erkannt: Andreas Kneitel!

„Na, das passt ja", dachte Theresia. Wie alle im Ort kannte sie Andreas Kneitel und seine immer wieder aufkeimenden kriminellen Machenschaften nur zu gut. Wenn es irgendwo leichtes Geld zu verdienen gab, war Andreas mit Sicherheit nicht weit. Egal, ob legal oder illegal.

Zur Sicherheit blieb Theresia noch einige Minuten, nachdem Andreas den Spielplatz wutschnaubend verlassen hatte, unter der Weide stehen. Es war nicht zu übersehen gewesen, wie aufgebracht und sauer er war, weil man ihn offensichtlich versetzt hatte.

„So nicht! Nicht mit mir! Ich lass mich doch nicht verarschen!", grummelte er, während er langsam in der Dunkelheit des Parks verschwand.

Eine gute Stunde später klingelte das Telefon im Pfarrhaus und eine deutlich angetrunkene Person brüllte dem Pfarrer ein genuscheltes: „Isch lass misch von 'nem albernen Kragenbär, wie dir doch nich verarschen. Morgen ... Letzte Chance, sonst gurren übermorgen die Tauben alles von dem beschissenen Kirchendach." Dann wurde sogleich aufgelegt.

Fragend starrte der Pfarrer zuerst den Hörer und dann seine Haushälterin an. Die versuchte möglichst unbeteiligt auszusehen, obwohl sie natürlich ganz genau wusste, wer da gerade am anderen Ende der Leitung war und auch was er wollte.

„Was war jetzt das?", fragte er auch prompt und legte das Telefon zurück an seinen Platz.

„Weiß nicht", log Theresia sehr gekonnt. „Vielleicht irgendein Saufbold, der eine Tresenwette mit seinen Kumpels laufen hat?", versuchte Theresia den Pfarrer in harmlose Gefilde zu lotsen.

„Sie meinen so wie: Wetten, du traust dich nicht, unseren Herrn Pfarrer anzurufen und dummes Zeug zu reden?" Der Pfarrer sah seine Haushälterin zweifelnd an. Anscheinend war er nicht gänzlich von einem Telefonstreich überzeugt.

„Ja, so in der Art." Theresia zuckte mit den Schultern und sah den Pfarrer mit einem Blick an der sagen sollte: Idioten. Am besten ignorieren!

Der Blick des Pfarrers blieb hingegen grüblerisch. Dennoch nickte er und sagte: „Vermutlich haben sie Recht. Ich kann mit dem Gestammel jedenfalls nichts anfangen und nach einem Notstand, der dringend einen Pfarrer benötigt, klang es ehrlich gesagt auch nicht. Gehen wir also am besten zu Bett."

„So machen wir das", Theresia lächelte, aber das Lächeln erreichte ihre Augen nicht. Doch das registrierte der Pfarrer nicht. Er schien mit seinen Gedanken ganz wo anders zu sein.

Kapitel 8

Es war noch früh, als Henriette am nächsten Morgen das Bett verließ. So früh, dass Mycroft - entgegen seiner eigentlichen Morgenroutine - Henriette nicht direkt maulend in die Küche scheuchte, um auf der Stelle lautstark sein Frühstück einzufordern. Stattdessen blickte er Henriette gähnend an und sein Blick sagte mehr als deutlich, dass er noch nicht bereit war, sein gemütliches Domizil aufzugeben. Ein Umstand, der Henriette nur recht war. So konnte sie sich ausnahmsweise einmal ganz in Ruhe eine Tasse Tee und ein Marmeladenbrot gönnen, ohne dabei permanent von Mycroft umkreist zu werden. Die von Natur aus weitaus entspanntere Mrs. Hudson lag wie so oft noch tief schlafend in ihrer Kuschelhöhle im Wohnzimmer. Ihr Tag begann stets deutlich später und ruhiger, als der von Mycroft.

Während Henriette die Ruhe der frühen Stunde in ihrer Küche genoss, tobte in ihrem Garten bereits das pure Leben. Überall flatterten Vögel durch die Bäume und Sträucher und zwitscherten ihr buntes Morgenkonzert, munter begleitet von den ersten Bienen, Hummeln und Schmetterlingen.

Henriette konnte sich ein zufriedenes Lächeln nicht verkneifen. Sie liebte ihren wuseligen Garten einfach und würde ihn für nichts auf der Welt gegen eine gepflegte englische Gartenanlage tauschen.

Voller Elan stellte Henriette ihren Teller und ihre Teetasse in die Spüle, füllte die Katzenfutternäpfe mit einer Portion Trockenfutter, stellte frisches Wasser dazu und ging dann zurück in ihre Schlafzimmer, um sich für den Tag fertig zu machen. Bereits wenige Minuten später stand sie bekleidet mit einer bequemen Jeans und einem T-Shirt mit Blumenprint in der Diele, griff sich ihren Fahrradhelm und verabschiedete sich gut gelaunt mit einem: „Bin gleich wieder da. Eurer Futter steht in der Küche!" von ihren pelzigen Mitbewohnern.

Ihr Weg führte sie zu ihrem kleinen Anbau, in dem sie neben diversen Garten-Utensilien auch ihre Fahrräder untergebracht hatte. Erst vor Kurzem hatte sie sich ein gebrauchtes E-Bike zugelegt. Eine phantastische Alternative zu dem Auto, was sie seit Jahren nicht mehr hatte. Heute jedoch wollte sie nur eine kurze Strecke zurücklegen. Einmal zum Selbstbedienungsautomaten auf dem Erler-Hof und zurück, da reichte ihr ihr guter alter Drahtesel vollkommen.

Der Erler-Hof bot neben frischen biologischen Eiern auch Wurst und Würstchen aus der eigenen Schlachterei und den besten Honig weit und breit an. Seit Henriette diesen Honig im letzten Jahr das erste Mal gegessen hatte, wollte ihr einfach kein anderer mehr wirklich schmecken. Vielleicht lag es an den weiten Wild-Blumenwiesen, die den Erler-Hof umgaben und an die die Erlers keinen Krümel Dünger und keine Prise Unkrautvernichtungsmittel ließen. Als die Enkel vor einigen Jahren den Hof vom alten Erler übernommen hatten und ihn komplett auf Bio umgestellt hatten, bezeichneten sie die meisten Kirchhausener noch als die Öko-Freaks vom Erler-Hof. Henriette erinnerte sich noch sehr genau daran, wie man ihre Produkte am Anfang mit Argwohn bestaunt, nicht aber gekauft hatte. Zu teuer, zu schief, zu alles Mögliche. Heute hingegen galt die Familie als leuchtendes Beispiel für eine innovative, ökologische Landwirtschaft. „Zeiten ändern sich", dachte Henriette „Zum Glück."

Eine gute Stunde später radelte Henriette mit ihrem Fahrrad bereits wieder die Bahnhofstraße entlang. Ihr am Lenker befestigter Weidenkorb war mit Honig und Eiern beladen und auch ein Glas mit *Erlers-Bio-Rotwurst* war darin gelandet. Sie selbst war im Grunde kein Fan von Blut- oder Rotwurst, aber sie wusste, dass Arne hin und wieder ganz gerne ein Brot mit dieser Wurst aß. Und so hatte sie es sozusagen auf Vorrat gekauft.

Als sie in die Kirchgasse einbog, verlangsamte sie ihr Tempo und am Marktplatz stieg sie dann ganz ab und schob ihr Rad bis zu *Trudis TörtchenTraum*. Dort lehnte sie es an die Wand neben dem Eingang und betrat das Café.

Es waren bereits einige Tische besetzt und Henriette sah Trudi mit hochrotem Kopf zwischen ihren Gästen herum wuseln. Stutzend sah sich Henriette im Café um. Anscheinend war Trudi heute Morgen allein. Sie sah weder Hanna, Trudis flinkeste Angestellte, noch eine der anderen Angestellten oder Aushilfen.

„Trudi, sag mal, du bist doch nicht etwas ganz alleine da?", begrüßte sie ihre Freundin, als diese deutlich gestresst auf sie zu kam.

„Leider doch", Trudi schnaufte und strich sich Strähnen, die sich aus ihrem Zopf gelöst hatten, zurück. „Hanna hat heute ein wichtiges Seminar an der Uni und Lisa und Frank sind krank."

„Und was ist mit deinem Fake-Italiener?"

„Der hat vormittags noch Vorlesungen, hat aber versprochen, mir ab mittags zu helfen." Trudi hakte sich bei Henriette unter und zog sie mit sich zum Tresen, wo sie die Kaffeemaschine auf zwei Café Latte programmierte und ein Schokoladencroissant auf einen und zwei Nussecken auf einen anderen Teller drapierte. Gekonnt belud sie ein Tablett und wollte sich gerade auf den Weg machen, als Henriette sie sanft stoppte.

„Wo soll das Ganze denn hin?"

„Tisch vier."

„Das ist der Tisch neben dem Kamin, oder?"

„Genau."

„Gut. Du bleibst hier, schnaufst mal kurz durch und ich werde diese Köstlichkeiten servieren."

„Das ist nett, aber ich kann nicht einfach so durchschnaufen. Tisch acht hat noch nicht einmal seine Bestellung aufgeben können und Tisch zwei wartet noch auf seinen Tee." Trudi raufte sich die Haare.

„Ganz ruhig." Sanft strich Henriette ihrer völlig überforderten Freundin über den Arm. „Du kümmerst dich jetzt um den Tee und ich bring das hier zu Tisch vier und nehme danach die Bestellung von Tisch acht auf."

„Das ist wirklich lieb von dir, dann habe ich wenigstens ein paar etwas ruhigere Minuten."

„Falsch! Ich werde bleiben, bis Peter hier ist."

„Das kann ich wirklich nicht annehmen." Trudi schüttelte ungläubig den Kopf.

„Doch das kannst du. Wozu hat man denn schließlich Freunde. Ich habe heute Vormittag nichts Wichtiges vor und du brauchst Hilfe."

„Ja, wenn du meinst … Das wäre wirklich eine große Hilfe für mich. Danke Henni."

„Gerne." Henriette lächelte, schnappte sich einen Block und einen Stift und machte sich mit dem Tablett für Tisch vier auf den Weg.

So arbeiteten die beiden hoch konzentriert Hand in Hand und Henriette kam sich kurzzeitig wieder sehr jung vor. Sie hatte früher hin und wieder in einem kleinen Biergarten gejobbt, der einer Freundin ihrer Mutter gehört hatte. Das war stets eine gute Möglichkeit gewesen, erst ihr Taschengeld und später ihr bescheidenes

Ausbildungsgehalt aufzubessern. Allerdings hatten ihre Füße damals nicht ganz so schnell geschmerzt wie heute, stellte sie seufzend fest, als sie sich eine kurze Pause am Tresen gönnte.

„Bist du wirklich sicher, dass dir das nicht zu anstrengend ist?", fragte Trudi ihre Freundin besorgt, als sie sah, wie Henriette ihre Füße kreisen ließ.

„Keine Sorge, ich bin zwar keine Zwanzig mehr, aber laut Dr. Winter topp in Form. Auch wenn ich zugeben muss, dass mir meine Füße früher nicht so schnell weh getan haben." Sie grinste.

„Wir werden eben alle nicht jünger. Aber ganz im Vertrauen: meinen deutlich jüngeren Aushilfen tun die Füße abends auch weh", sie grinste Henriette verschmitzt an.

Der Vormittag neigte sich dem Ende zu und Henriette war gerade mit einem voll beladenen Tablett auf dem Weg zu Tisch acht, als Eva Berg, die Chorleiterin von St. Nikolaus, völlig außer Atem in das Café gerauscht kam. Auf ihren Wangen zeichneten sich hektische rote Flecken ab und ihre Haare sahen aus, als wäre sie geradewegs einem Wirbelsturm entkommen.

„Himmel Eva, wie siehst du denn aus? Ist was passiert?", empfing sie Trudi mit erschrockenem Blick.

„Der Kneitel Andi ist tot!", japste sie und ließ sich plumpsend am Tresen auf einen der Hocker nieder.

„Jetzt beruhige dich doch erst einmal", sagte Henriette und setzte sich neben Eva. „Willst du ein Glas Wasser? Oder vielleicht einen Tee?"

„Ein Wasser wäre nett. Danke."

„Wie kommst du denn darauf, dass der Andi tot ist?", mischte sich nun auch Trudi in das Gespräch ein und in ihrer Stimme klang ein Hauch von Unglauben mit. „Wer weiß, was Eva da gesehen oder gehört haben will", dachte sie. Sie hatte in ihrem Café schon so viele Gerüchte gehört, an denen nicht das geringste Quäntchen Wahrheit war, dass sie so drastischen Aussagen generell erst einmal skeptisch gegenüber stand.

„Weil ich es gesehen habe."

„Was genau hast du denn gesehen?", fragte Henriette, die endlich auf den Punkt kommen wollte.

„Na, wie die Polizei den Kneitel in einen Leichenwagen geschoben hat."

Henriette zog ihre Stirn kraus. Das konnte sie nun wirklich nicht glauben. Tote wurden nicht einfach so für jeden sichtbar in einen Leichenwagen geschoben. Deswegen fragte sie direkt noch einmal nach.

„Du hast den toten Kneitel *gesehen*?" Henriette sah Eva eindringlich an.

„Naja, vielleicht nicht wirklich gesehen", gab Eva nun etwas kleinlaut zu. „Aber ich weiß trotzdem, dass er tot ist. Vermutlich wurde er sogar ermordet", eifrig nickend sah sie erst Henriette und dann Trudi an. Es war nicht zu übersehen, dass sie einerseits schockiert über den vermeintlichen neuen Mord war, gleichzeitig aber auch mächtig stolz, weil sie diese brisante Neuigkeit zuerst unter das Volk bringen konnte.

„Wie wäre es, wenn du uns einfach etwas ausführlicher erzählst, was da passiert ist", schlug Henriette vor und hoffte, dass sie so an eine verwertbare Aussage von Eva kommen würden. Die ließ sich erwartungsgemäß nicht lange bitten und so bekamen Trudi und Henriette nun endlich die komplette Geschichte zu hören. Und so erfuhren Trudi und Henriette, dass Eva - wie jeden zweiten Donnerstag im Monat - schon früh bei ihrer Mutter war, um ihr im Haushalt zu helfen. Gegen elf Uhr hatte sie sich dann auf den Rückweg gemacht. Da sie mit dem Fahrrad unterwegs gewesen war, nutzte sie lieber die kleinen Seitenstraßen und so hatte sie ihr Weg dann auch am Schrotthandel von Udo Weichsel vorbeigeführt. Und da war - ihren Worten nach - *„die Hölle los"*. Überall war Polizei, die halbe Straße war abgesperrt worden und an einem der ebenfalls anwesenden Krankenwagen hatte wohl der Udo völlig aufgelöst gestanden und immer wieder: „Er ist tot, er ist tot … der Kneitel ist tot … so viel

Blut", gestammelt und auf dem Gelände vom Schrotthandel waren gerade Leute von der Polizei dabei einen schwarzen Sack auf eine Trage zu legen. Mehr hatte Eva allerdings leider nicht herausbekommen können, weil die Polizisten vor Ort sie natürlich weiter geschickt hatten.

Henriette überdachte das Gehörte. Wenn das alles so stimmte, lag die Vermutung, dass Andreas Kneitel tot war, wirklich nahe. Das angeblich viel Blut geflossen sein sollte, hatte ihrer Meinung nach jedoch nicht zu bedeuten, dass Andreas Kneitel umgebracht worden war. Vielleicht war er gestürzt. Auf dem Gelände eines Schrotthandels gab es sicherlich genügend Möglichkeiten zu stürzen und sich dabei tödlich zu verletzen.

„Hast du außer Udo Weichsel sonst noch jemanden dort gesehen?", wollte Henriette nun doch noch wissen.

Eva schüttelte den Kopf. „Nein. Da war nur der Udo und eben all die Polizisten und Sanitäter."

„Vielleicht solltest du deinen Neffen anrufen?", schlug Trudi an Henriette gewandt vor. „Wenn Andreas Kneitel wirklich tot ist, wird er es ganz sicher wissen."

„Ich bin mir ziemlich sicher, dass wir schnell genug erfahren werden, was da genau passiert ist. Auch ohne jetzt gleich bei Arne anzurufen. Vermutlich wird er sich eh bei mir melden, wenn es hier wirklich einen Fall für ihn gibt."

„Da hast du natürlich Recht." Trudi nickte.

Kurze Zeit später betrat Peter mit einem breiten Grinsen das Café. Er war einfach ein Sonnenschein, dass musste man ihm lassen. Henriette wären nur wenige Menschen eingefallen, die den Verlust eines freien Nachmittags mit einem so strahlendem Lächeln kommentierten.

Ohne zu zögern schnappte er sich seine Schürze, entriss Henriette das Tablett und ihren Bestellblock und legte los.

„Da hast du wirklich einen Glücksgriff gemacht", sagte Henriette und gemeinsam mit Trudi beobachtete sie Peter, wie er flink wie ein Wiesel zwischen Tischen umher rangierte.

„Er ist ein Naturtalent", stimmte Trudi ihrer Freundin zu. „Ich glaube ich hatte noch nie eine Aushilfe die die Abläufe so schnell begriffen hat und gleichzeitig so beliebt bei den Gästen war."

„Das glaube ich dir sofort. Das heißt, du brauchst mich hier nicht mehr?", fragte Henriette und hoffte dabei, dass es nicht zu barsch klang.

„Nein. Peter wird das sicherlich problemlos alleine hinbekommen", Trudi lächelte, „Aber vielen Dank, dass du sofort eingesprungen bist. Du hast was gut bei mir:"

„Ach, nicht der Rede wert. Wie gesagt, dafür hat man schließlich Freunde."

Auf dem Weg nach Hause konnte Henriette feststellen, dass sich die Nachricht von Andreas

Kneitels Ableben bereits wie eine Springflut durch den Ort gewälzt hatte. Überall hörte sie es Wispern und Flüstern. „Alles Andere hätte mich im Grunde auch gewundert", dachte Henriette. In einem Ort wie Kirchhausen verbreiteten sich brisante Neuigkeiten mit Lichtgeschwindigkeit. Und ein großer Notarzt- und Polizeieinsatz gehörten eindeutig in diese Kategorie.

Kaum war Henriette in ihre Straße eingebogen, kam auch schon ein großer schwarzer Rabenvogel auf sie zu geschossen, umrundete sie elegant zweimal, flog dann zu ihrem Haus und ließ sich dort auf ihrem Eingangstörchen nieder. Dort wartete er mit gestrecktem Hals und als Henriette ihr Gartentor ebenfalls erreicht hatte, sah er sie fragend aus seinen tiefschwarzen Knopfaugen an.

„Na du alter Räuber", Henriette lächelte und strich dem Vogel sanft über sein Gefieder. Es war nicht zu übersehen, wie sehr der Rabenvogel diese Streicheleinheiten genoss. Wohlig reckte er sich Henriette entgegen und gab ein leises „Krah" von sich.

„Du bist heute aber besonders genusssüchtig." Vergnügt hielt Henriette dem Vogel ihren Arm hin. „Na komm, wollen wir doch mal sehen, ob es in der Küche nicht noch eine große Nuss für dich gibt." Als hätte Munin jedes Wort verstanden, sprang er mit einem Satz auf den ihm dargebotenen

Arm, bereit sich von Henriette ins Haus tragen zu lassen.

Nachdem er in der Küche seine Nuss bekommen hatte, flog er zur Terrassentür hinaus und Henriette fand, dass er dabei irgendwie äußerst zufrieden aussah. „Können Vögel zufrieden aussehen?", Henriette runzelte die Stirn ob ihrer seltsamen Gedanken und warf anschließend einen Blick in ihren Vorratsschrank. Die Rennerei den ganzen Vormittag in *Trudis TortchenTraum* hatte sie nicht nur erschöpft, sondern auch ziemlich hungrig gemacht. Auf der Suche nach einer schnellen und einfachen Mahlzeit blieb ihr Blick an einer Dose Ravioli hängen und ein unvorstellbar breites Grinsen überzog augenblicklich ihr Gesicht. Henriette war absolut kein Freund von Fertiggerichten, aber ein oder zwei Notfall-Dosen hatte sie doch immer in ihrem Schrank und eine Dose Ravioli war für Henriette ein unverzichtbares Muss. „Was haben die Menschen bloß vor 1958 gemacht?" Noch immer lächelnd zog sie die Dose hervor, öffnete sie und gab ihren Inhalt in einen kleinen Topf. Schon der Geruch ließ unendlich viele Erinnerungen in Henriette aufploppen. Sie sah sich als Kind, wenn eine solche Dose hieß, dass ausnahmsweise mal keine Zeit für's Kochen war. Später, als sie alleine wohnte, gab es eine solche Dose deutlich häufiger, vor allem an Tagen nach wilden Partys. Ravioli waren ein erstaunlich gutes Mittel gegen Kater und zur Not konnte man sie sogar kalt essen. Sie lächelte noch breiter. „Himmel, wenn ich weiter so dümmlich vor mich hin grinse, sehe ich am Ende noch aus wie der „Grusel-Pastor." Henriette schüttelte ihren Kopf und musste bei dieser Vorstellung nur noch breiter Grinsen.

Die Ravioli waren gerade heiß, als es klingelte. Vorsorglich schob Henriette den Topf zur Seite. Nicht dass das gute Essen am Ende noch anbrannte.

Sie war wenig überrascht, dass Arne vor ihrer Tür stand.

„Ah, du hast das gute Essen gerochen", begrüßte sie ihren Neffen strahlend. Der reckte neugierig seine Nase durch die Tür, begann betont auffällig zu schnuppern und blickte seine Tante irritiert fragend an.

„Ehrlich gesagt rieche ich nichts. Aber essen wäre schon schön."

„Na dann komm mal rein. Am besten setzt du dich gleich an den Küchentisch. Das Essen ist nämlich gerade fertig geworden." Natürlich entging Arne der leicht schelmische Gesichtsausdruck seiner Tante nicht, aber nach den Ereignissen des Morgens fehlte ihm ein wenig die Kraft nachzufragen und so folgte er seiner Tante einfach schweigend in die Küche und setzte sich abwartend an den Tisch. Beherzt griff sich Henriette zwei Teller und verteilte die noch immer heißen Ravioli zu gleichen Teilen und trat damit zu Arne an den

175

Küchentisch. „Ich präsentiere: *Henriettes gourmandise du jour.*"

Nach einem kurzen, skeptischen Blick auf den Inhalt der Teller zeichnete sich erst ein leichtes Schmunzeln in Arnes Gesicht ab, bevor er aus vollem Herzen anfing zu lachen, bis ihm die Tränen über sein Gesicht liefen.

„Was gibt es denn da jetzt zu lachen?", fragte Henriette und tat dabei extrem empört.

„Nichts. Absolut Nichts", Arne wischte sich die Tränen aus dem Gesicht.

„Das will ich wohl meinen. Hin und wieder gibt es nämlich nichts Besseres, als eine gepflegte Dose Ravioli."

Schweigend genossen die beiden die Ravioli und Arne war froh, dass seine Tante ihn nicht direkt nach Andreas Kneitel fragte. Denn er war sich zu einhundert Prozent sicher, dass sie längst von dem Toten gehört hatte. Bei solchen Dingen war dieses Dorf schneller als jeder Düsenjet.

Erst nachdem Henriette die leeren Teller gespült und für Arne und sich einen Tee aufgebrüht hatte, stellte sie ihrem Neffen die längst im Raum schwebende Frage. „Andreas Kneitel ist tot auf dem Schrottplatz gefunden worden?"

„Ja. Emil Schobner, der Besitzer des Schrottplatzes, hat Andreas Kneitel heute morgen gegen neun Uhr dreißig hinter dem Bauwagen gefunden, den er auf dem Platz als Büro aufgestellt hat. In seiner Brust steckte ein Bolzen."

„Ein Bolzen? Was denn für ein Bolzen?", Henriette sah Arne fragend an.

„So wie es aussieht, der Bolzen einer Armbrust."

„Einer Armbrust!?" Henriettes schüttelte den Kopf und sah Arne ungläubig an. „Du willst mir allen Ernstes erzählen, dass Andreas Kneitel mit einer Armbrust erschossen wurde?" Henriette konnte nicht glauben, was ihr Neffe da sagte. „Wir sind hier in Kirchhausen! Wer um alles in der Welt sollte denn hier mit einer Armbrust Amok laufen?!" Henriette war völlig außer sich.

„Von Amok kann ja nun wirklich nicht die Rede sein", wiegelte Arne ab. „Ich bin mir ziemlich sicher, dass Andreas Kneitel sehr gezielt ausgesucht und erschossen wurde."

„Glaubst du es gibt einen Zusammenhang zwischen diesem Tod und dem von Stefan Gormann?"

„Den muss es wohl geben. Zwei Tote innerhalb von ein paar Tagen in Kirchhausen … das kann kein Zufall sein, meinst du nicht auch?"

„Nein. Vermutlich nicht." Henriette legte ihren Kopf leicht schräg. „Schließlich sind wir hier nicht in Chicago oder New York", sie lachte leise. „Und die beiden kannten sich aus dem Wirtshaus."

„Also *kennen* ist wohl ein wenig übertrieben, oder? Sie gerieten aneinander, drohten sich Prügel an und Ende."

„Wenn du *und Ende* sagst, heißt das, dass du Andreas Kneitel nicht mehr für den Täter im Fall Gormann hälst?"

„Naja, möglich wäre es natürlich trotzdem. Aber mein Gefühl sagt mir, dass Gormann und Kneitel dem selben Täter zum Opfer gefallen sind."

„Aber sind die beiden Angriffsmethoden nicht viel zu unterschiedlich, um auf den selben Täter hinzudeuten?" Henriette runzelte die Stirn.

„Ja, ein wenig seltsam ist das natürlich schon", stimmte Arne ihr zu.

„Vielleicht war der erste Angriff spontan. Der Täter griff sich einfach irgendeinen Gegenstand und schlug damit auf Gormann ein, während der zweite Angriff offensichtlich geplant war. Der Täter war immerhin nicht nur bewaffnet, sondern auch der Tatort scheint geplant gewesen zu sein. Schließlich wurde Kneitel auf einem Privatgelände getötet. War der Schrottplatz zur Tatzeit eigentlich schon geöffnet?"

„Nein. Der Platz öffnet um zehn Uhr. Aber Emil Schobner hat mir erzählt, dass der Zaun im hinteren Bereich des Schrottplatzes schon seit Wochen ein großes Loch hat. Genau genommen fehlen dort fast zwei Meter Zaun."

„Es fehlen zwei Meter Zaun? Was soll das denn heißen?"

„Das Stück Zaun war verbogen. Herr Schobner wollte es ersetzen. Er hat die fehlenden Elemente bestellt, aber einen Tag vor dem Liefertermin hat musste die Firma den Termin verschieben. Natürlich hatte Herr Schobner zu dem Zeitpunkt schon alles für eine schnelle Reparatur vorbereitet ..."

„Inklusiver dem Abbau des alten Stück Zauns ..." Henriette nickte verstehend.

„Ganz genau. Und deswegen ist im Moment lediglich ein Absperrband vor das Loch gespannt. So etwas geht auch nur hier auf dem Land. In anderen Gegenden hätte man dem guten Herrn Schobner schon den kompletten Schrottplatz leer geklaut."

„Tja, wir sind zwar seltsam, aber ehrlich." Henriette zuckte mit den Schultern.

„Was bin ich beruhigt, dass du von so ehrlichen Mitbürgern umgeben bist ... abgesehen natürlich von dem einen, der mit einer geladenen Armbrust durch Kirchhausen läuft.

Henriette seufzte und nickte bedächtig. Vermutlich war Kirchhausen auch nur ein Ort an dem gute und böse Menschen lebten. Wie überall auf der Welt.

„Hast du irgendeine Idee, weswegen Andreas Kneitel ermordet wurde?"

„Nein, nicht die Geringste", gab Arne zähneknirschend zu und strich sich dabei beinahe verzweifelt mit den Händen durch seine eh schon strubbeligen Haare. „Dieser Fall macht mich noch ganz wahnsinnig! Ich war mir so sicher, dass Andreas Kneitel irgendetwas mit dem Tod von

Stefan Gormann zu tun hat. Auch wenn das ganze Dorf in ihm nur den kleinen Schläger gesehen hat. Und nun liegt einer meiner Hauptverdächtigen selbst im *Fliesenpalast*."

„Vielleicht hat der Kneitel den Gormann ja tatsächlich niedergeschlagen und irgendjemand hat das herausbekommen und sich dann an ihm gerächt."

„Sich an ihm gerächt? Das klingt jetzt aber schon ein wenig zu sehr nach Mafia ..."Arne sah seine Tante stirnrunzelnd an.

„Du hast ja recht. Wirklich logisch klingt das nicht. Zumal ja angeblich niemand in Kirchhausen Stefan Gormann näher gekannt hat. Und Rache braucht ja eigentlich immer ein persönliches Motiv." Gedankenverloren trommelte Henriette mit den Fingern auf der Tischplatte. Es war nicht zu übersehen, wie es in Henriettes Gehirn ratterte und rumorte. „Was wirst du also als nächstes tun?" Henriette sah ihren Enkel mitleidig fragend an.

„Ich werde zu einem gewissen Karl-Heinz Kinkel fahren und ihn fragen, wo er heute morgen war."

„Warum willst du denn Kalle Kinkel befragen? Was hat der denn mit der ganzen Sache zu tun?"

„Du kennst Hernn Kinkel?"

„Natürlich. Er und seine Schwester stehen immerhin seit Jahren regelmäßig mit ihrem Stand auf unserem Wochenmarkt. Sie verkaufen alle nützlichen und unnützen Dinge aus Holz.

Kochlöffel, Bürsten, Besen, Frühstücksbrettchen … solche Sachen halt."

„Eben jener Karl-Heinz Kinkel soll in letzter Zeit nicht besonders gut auf Andreas Kneitel zu sprechen gewesen sein. Herr Schober hat mir bei seiner Befragung heute morgen erzählt, dass Herr Kinkel Andreas Kneitel vor ein paar Tagen noch gedroht hätte."

„Gedroht? Aber wieso? Und womit?" Henriette sah ihren Enkel aus großen fragenden Augen an. Sie kannte die Kinkel-Geschwister schon ziemlich lange und Kalle war wahrlich nicht der Typ, der anderen drohte. Kalle war zuvorkommend und schien eher von der ruhigen, friedlichen Sorte zu sein. Er liebte seine Holzarbeiten und seine Familie. Henriette glaubte sich zu erinnern, dass er gemeinsam mit seiner Frau, einer Tochter, seiner Schwester und seinen Eltern auf einem Hof in der Nähre von Waldenheim lebte.

„Anscheinend hat sich der gute Herr Kneitel an seiner Schwester vergriffen."

„Vergriffen?"

„Naja, wenn man Herrn Schober glauben darf hat Andreas Kneitel die arme Cornelia erst übelst verführt, ihr das Blaue vom Himmel versprochen und sie dann", Arne wedelte theatralisch mit seinen Armen in der Luft, „Hop-die-Hop durch eine pralle Blondine namens Samantha ersetzt."

„Pralle Blondine?" Henriette sah Arne mit einem leicht strengem Blick an.

„Das ist nicht meine Wortwahl", Arne hob schützend seine Hände hoch. „Ich gebe nur wieder, was mir Herr Schober berichtet hat."

„Und das hat dem Kalle nicht besonders gefallen?"

„Nicht wirklich. Wie gesagt, vor ein paar Tagen soll Herr Kinkel wutentbrannt in die *Linde* gestürmt sein. Geradewegs auf den Kneitel zu. Dann hat er sich wohl vor ihm aufgebaut und ihn angeschrien. Er hat ihn als mieses, sextolles Schwein betitelt und im gedroht, dass er ihn zu Kleinholz machen würde, wenn er sich seiner Schwester noch einmal nähern würde."

„Donnerwetter, soviel Emotion und Angriffslust hätte ich dem Kinkel gar nicht zugetraut." Henriette schien beinahe ein wenig beeindruckt.

„Anscheinend wird er bei seiner Familie zum sprichwörtlichen Löwen."

„Gilt das nicht nur für Mütter?"

„Bitte?"

„Na heißt das nicht Löwenmutter?"

Irritiert wedelte Arne erneut mit seinen Händen.

„Ist doch jetzt völlig egal, ob nur Mütter zum Löwen werden können. Entscheidend ist ja wohl eher, dass Herr Kinkel Andreas Kneitel gedroht hat. Und genau aus diesem Grund werde ich jetzt zum Hof der Kinkels fahren und Karl-Heinz Kinkel befragen."

„Ich weiß ja, dass du das machen musst. Aber ich kann mir beim besten Willen nicht vorstellen, dass der Kalle sich mit einer Armbrust bewaffnet und dem Kneitel morgens auf dem Schrottpaltz auflauert ...“

„Und kannst du dir das bei irgendeinem deiner Mitbürger vorstellen?“ Arne sah seine Tante fragend an.

„Nein“, gab diese kleinlaut zu.

„Eben. Und doch ist es relativ wahrscheinlich, dass genau das der Fall ist.“

# Kapitel 9

Keine dreißig Minuten Später fuhren Henriette und Arne in die Hofeinfahrt der Kinkels. Natürlich hatte Henriette darauf bestanden ihren Enkel zu begleiten und so stiegen nun beide aus Arnes Wagen und gingen auf das Haupthaus zu. Noch bevor sie die Tür erreicht hatten, öffnete sich diese und Cornelia Kinkel, eine zierliche, kleine Frau mit aschgrauen Augen kam ihnen strahlend entgegen. Ihre sonst stets wild wehende blonde Lockenmähne hatte sie heute zu einem ordentlichen Dutt zusammengefasst

„Hallo Henriette. Was machst du denn hier? So dringend wirst doch sicher keine Bürste brauchen, dass das nicht noch eine Woche warten könnte, oder?" Cornelia steckte in einer ziemlich mehligen Schürze mit einem auffälligen Blumenmuster.

„Hallo Cornelia. Nein, wir sind nicht wegen einer Bürste hier. Mein Neffe", sie deutete auf den schweigend neben ihr stehenden Arne, „Würde sich gerne kurz mit deinem Bruder unterhalten. Ist er da?"

„Sicher, er hilft uns drinnen mit den Broten."

„Mit den Broten?" Henriette sah Cornelia erstaunt fragend an.

„Einmal im Monat schmeißen wir unseren alten Holzbackofen hinten im Hof an und backen für uns und ein paar Freunde und Nachbarn Brot", gab

Cornelia Auskunft. „Aber lasst uns doch reingehen. Dann zeige ich dir gerne alles und dein Neffe kann sich in Ruhe mit Kalle unterhalten." Sie hakte sich bei Henriette unter und dirigierte sie kurzerhand ins Haus. Schon vom Flur aus konnte Henriette in die Küche der Familie Kinkel blicken, in der ein reger Betrieb herrschte. Neben Kalle, kneteten auch seine Frau und seine Mutter fleißig an Teigballen herum und ganz am Ende des Küchentisches saß Kalles kleine Tochter in einem Hochstuhl und versenkte ihre kleinen Hände ebenfalls immer wieder in einer kleinen Teigkugel. Dabei trugen alle die gleich geblümte Schürze, wie sie Henriette bereits bei Cornelia aufgefallen war, was Henriette leicht schmunzeln ließ.

„Kalle, hier ist Henriette und ihr Neffe würde gerne kurz mit dir reden."

„Nanu, Henriette, was treibt dich denn hierher?" Karl-Heinz Kinkel wischte sich lächelnd die Hände an seiner Schürze ab und trat zu den beiden in der Flur hinaus.

„Hallo Kalle", begrüßte Henriette den Mann, der seiner Schwester auffallend ähnlich sah. Für einen Mann, war er nicht sehr groß. Henriette schätzte ihn auf 1,75 Meter. Und auch um seinen Kopf kringelten sich hell blonde Locken. Allerdings war er alles andere als zierlich. Man sah ihm an, dass er einer körperlichen Arbeit nachging und Henriette würde wetten, dass er sich auch in seiner Freizeit gerne sportlich betätigte. „Das hier ist mein Neffe,

Arne Voß. Er arbeitet bei der Kriminalpolizei und würde sich gerne kurz mit dir über Andreas Kneitel unterhalten", eröffnete Henriette den eigentlichen Teil ihres Besuches.

Neugierig musterte Kalle Kinkel Arne und zog dabei die Augenbrauen kraus.

„Andreas Kneitel?" Verwundert strich sich Kalle einige Haarsträhnen aus der Stirn.

„Genau." Arne trat einen Schritt auf Herrn Kinkel zu und hielt ihm seine Hand entgegen. „Wie schon gesagt, mein Name ist Arne Voß und ich ermittle im Fall des toten aus dem Klara-Brunnen", er geriet kurz ins stocken, „und seit heute auch im Fall des toten Andreas Kneitel."

„Der Kneitel ist tot!?" Ungläubig starrte Kalle die beiden an. Dann schüttelte er den Kopf, fuhr sich erneut durch seine Haare und bat die beiden ihm ins Wohnzimmer zu folgen. Dort ließ er sich deutlich erschüttert in einem Sessel fallen. „Bitte, setzt euch doch."

Es vergingen einige Sekunden, in denen alle schwiegen, doch schließlich blickte Arne Karl-Heinz Kinkel direkt an.

„Ich habe gehört, dass Sie Streit mit Herrn Kneitel hatten?", begann Arne seine Befragung.

„Streit? Was denn für Streit?" Karl-Heinz blickte Arne aus großen Augen an.

„Stimmt es etwa nicht, dass Sie Herrn Kneitel erst vor Kurzem als, ich zitiere: Mieses, sextolles

Schwein betitelt haben und außerdem damit gedroht haben *ihn zu Kleinholz zu machen*?"

Verlegen kratzte sich Kalle am Hinterkopf und ließ seinen Blick dabei auffallend lange über den Wohnzimmerteppich wandern.

„Ehrlich gesagt bin ich nicht sehr stolz auf diese Episode. Es ist überhaupt nicht meine Art ... aber ich war so wütend auf Andreas ..." Kalle stockte.

„Weil er ihre Schwester nicht gut behandelt hat", half Arne ihm auf die Sprünge.

„Nicht gut behandelt ist viel zu freundlich ausgedrückt." Auf Kalles Stirn bildeten sich kleine hektische Flecken. „Der Arsch ... ", Verzeihung, „also er hat meine Schwester auf die billigste Art und Weise benutzt, wie ein Mann eine Frau nur benutzen kann!"

„Können Sie mir das bitte etwas genauer beschreiben?", bat Arne ihn besonders freundlich, weil er spürte, wie sehr dieses Thema Herrn Kinkel aufregte.

„Er hat ihr das Blaue vom Himmel versprochen, sie umgarnt und belogen, nur um sie ... um sie ... in sein liederliches Bett zu bekommen. Und kaum hatte er das geschafft, hat er sie fallen gelassen wie eine stinkende, alte Socke!" Seine Hände hatten sich zu Fäusten geballt und die hektischen Flecken hatten eine dunkelrote Farbe angenommen.

„Und das hat Sie natürlich sehr wütend gemacht." Arne nickte verständnisvoll mit dem Kopf.

„Natürlich hat mich das wütend gemacht. Wir reden hier immerhin von meiner Schwester!" Er schwieg kurz, bevor er fortfuhr: "Hören Sie, meine Schwester ist ein herzensguter Mensch. Leider ist sie hin und wieder aber auch ein wenig leichtgläubig. In manchen Dingen muss man sie vor sich selbst schützen. Ich habe sie vor Andreas Kneitel gewarnt. Ich meine alle im Landkreis wissen schließlich, was für ein Typ er ist."

„Was für ein Typ war Herr Kneitel denn Ihrer Meinung nach?", hakte Arne nun deutlich weniger freundlich nach.

„Ein Hallodri. Das war er. Bei jeder Dorfprügelei in der ersten Reihe. Immer *was am Laufen.* Und hinter jedem Rock hinterher. Eine absolute Luftnummer. Aufgeblasen bis zum Anschlag, aber absolut Nichts dahinter."

„Und damit nicht gut genug für Ihre Schwester", schlussfolgerte Arne und sah Herrn Kinkel direkt in die Augen.

„Was heißt denn hier nicht gut genug … das klingt mir jetzt wirklich zu elitär. Aber wenn Sie es genau wissen wollen, ja, ich wünsche mir etwas Besseres für meine Schwester. Und damit meine ich jetzt wirklich nicht das Geld oder den Job desjenigen, aber ich wünsche mir jemanden der es ernst meint. Jemanden, der sie wirklich liebt und sie nicht nur einfach in sein Bett lockt, um seiner Liste eine weitere Trophäe hinzufügen zu können!"

„Wie hat Ihre Schwester das ganze gesehen?"

„Wie schon, sie war am Boden zerstört, hat geweint und sich selbst die Schuld gegeben. Sie sei vielleicht einfach nicht hübsch genug, hat sie gesagt. Können Sie das glauben?! Da kommt dieser Arsch, benutzt sie, und dann glaubt sie tatsächlich, es sei ihre Schuld."

„Und da ist Ihnen dann der Kragen geplatzt", mutmaßte Arne.

„Allerdings. Ich hab mich in mein Auto gesetzt, bin *Zur Linde* gefahren und hab mir den Kneitel vorgeknöpft. Ich habe ihm gesagt, dass er in Zukunft einen weiten Bogen um meine Schwester machen soll … "

„Oder Sie würden Kleinholz aus ihm machen."

„Kann sein, dass ich das gesagt habe. So im Eifer des Gefechts. Aber das heißt doch noch lange nicht, dass ich dem Kneitel wirklich etwas angetan habe. Das müssen Sie mir glauben."

Henriette kannte Karl-Heinz Kinkel gut genug, um ihm seine tiefe Verzweiflung anzusehen.

„Mach dir keine Sorgen", sagte Henriette deswegen auch schnell. „Mein Neffe muss dich das alles fragen, aber deswegen glaubt doch noch lange niemand, dass du etwas mit dem Mord an Andreas Kneitel zu tun hast."

„Ähäm …" mahnend blickte Arne zu seiner Tante. Es war nicht zu übersehen, dass ihm diese Aussage ganz und gar nicht gefiel. Achselzuckend sah Henriette ihren Neffen an und ihr Blick sagte: „Was?"

Arne sah seiner Tante an, dass sie nicht eine Sekunde an der Unschuld von Karl-Heinz Kinkel zweifelte, dennoch war es sein Job das Ganze hier zu Ende zu bringen.

„Darf ich Sie bitten mir zu sagen, wo Sie heute Morgen zwischen sieben Uhr und neun Uhr dreißig waren?"

„Ist er da umgebracht worden?", fragte Kalle.

„Ja. Also, wo waren sie heute Morgen?", wiederholte Arne seine Frage leicht ungeduldig.

„Na hier. Wie Sie ja selber gesehen haben ist heute unser Brotbacktag. Da muss ich früh raus und den Ofen anheizen. Wissen Sie, bis der Ofen die richtige Temperatur hat, dauert es gut gerne sechs bis acht Stunden. Deswegen beginne ich an diesen Tagen so gegen sechs Uhr morgens mit dem heizen. Dann kümmern wir uns Vormittags um die Teige und Nachmittags kommen die Brote dann in den Ofen."

„Brotbacken ist demnach ein Tagesjob." Henriette staunte nicht schlecht.

„Allerdings. Genau aus dem Grund backt man ja auch nicht jeden Tag mit so einem Ofen, sondern in großen Mengen und auf Vorrat."

„Schön", unterbrach Arne das Brot-Back-Fachgespräch der beiden. „Ich nehme an es gibt genügend Zeugen?"

„Natürlich. Mein Vater hat mir beim Anheizen geholfen und danach … naja, Sie haben das Gewusel in der Küche ja gesehen."

„Sie waren also seit sechs Uhr in der Frühe hier bei Ihrer Familie?"

„Ganz genau."

„Nur um wirklich alles abzudecken: Besitzen Sie, oder jemand in Ihrer Familie eine Armbrust oder ein Bolzenschussgerät?"

„Himmel nein! Wieso fragen Sie? Ist Andreas Kneitel etwa mit einem Bolzenschussgerät getötet worden?" Dieser Gedanke trieb Kalle jegliche Farbe aus dem Gesicht und Henriette hatte kurzzeitig Angst, er würde sich übergeben.

„Genaueres darf ich Ihnen natürlich nicht sagen ..." Arne zog entschuldigend die Achseln nach oben. Natürlich war ihm klar, dass spätestens in einer halben Stunde der ganze Landkreis darüber tuscheln würde, dass man Andreas Kneitel mit einem Bolzenschussgerät hingerichtet hatte wie eine Kuh beim Schlachter.

„Natürlich. Verstehe. Müssen Sie eigentlich auch noch mit meiner Schwester reden?" Kalle sah Arne beinahe flehend an.

„Nun ..."

„Bitte, wenn es nicht absolut nötig ist ... Cornelia regt sich immer entsetzlich schnell auf."

Arne seufzte, nickte dann aber voller Verständnis. „Ich denke, das wird nicht nötig sein. Schließlich war sie ja - genauso wie Sie – den ganzen Morgen hier."

„Das stimmt", Kalle atmete hörbar erleichtert aus.

Wenige Minuten später waren Arne und Henriette auf dem Weg zurück nach Kirchhausen.

„Du hast Herrn Kinkel nicht eine Sekunde für unseren Täter gehalten, oder?" Begann Arne das Gespräch.

„Nein. Du etwa?"

„Nein. Menschen, die solche Küchenschürzen tragen, sind meiner Ansicht nach zu gutmütig, um auch nur einer Fliege etwas zu leide zu tun." Arne grinste seine Tante mit funkelnden Augen an.

„Als ob du dich von einer Schürze beeinflussen lassen würdest."

„Nein, natürlich nicht. Aber auch ohne die Schürze ist Herr Kinkel irgendwie nicht der Typ, der in der Gegend rumrennt und mit Bolzen auf Menschen schießt."

„Und er hat ein wahrlich wasserdichtes Alibi", bemerkte Henriette. „Oder siehst du irgendeine Möglichkeit, wie sich Herr Kinkel heute Vormittag nach Kirchhausen hätte schleichen können?"

„Nein. Gerade als Kriminaler soll man natürlich nie nie sagen, aber nein. Im Moment kann ich mir beim besten willen nicht vorstellen, wie er Kinkel das geschafft haben könnte. Es sei denn alle in der Familie decken ihn und wissen Bescheid."

„Na daran glaube ich nun aber wirklich nicht." Henriette schüttelte wild entschlossen ihren Kopf.

„Ich auch nicht."

„Und nun?", Henriette sah ihren Neffen fragend von der Seite an.

„Nun schauen wir mal, ob *Yilmaz' Dönerglück* endlich in der Lage ist Kunden zu verköstigen."

„Hast du etwa Hunger? Wir hatten doch gerade erst die leckeren Ravioli." Stirnrunzelnd und leicht missbilligend sah Henriette ihren Neffen an.

„Oh, nichts gegen deine Ravioli, aber wirklich satt hat mich die halbe Portion ehrlich gesagt nicht gemacht."

„Du hattest mal wieder kein Frühstück", analysierte Henriette die Lage und sah Arne vorwurfsvoll an. „Das ist ungesund. Das weißt du ganz genau!" Tadelnd boxte sie Arne in den Oberarm.

„Ich hatte eben nur Zeit für einen schnellen Kaffee."

„Ach was, nie haben die jungen Leute Zeit."

„Naja, vielleicht erinnerst du dich daran, dass auf eurem Schrottplatz heute morgen eine Leiche gefunden wurde."

„Das war um halb zehn und ich wette, dass du um die Uhrzeit schon längst bei der Arbeit warst."

Schuldbewusst und betont konzentriert blickte Arne auf die Straße. Natürlich war er längst im Büro gewesen, als man ihn angerufen hatte. Er war eben einfach nicht der Frühstücks-Typ. Es deprimierte ihn irgendwie sich morgens allein an seinen Küchentisch zu setzten und allein zu frühstücken. Ein schneller Kaffee im Stehen und dann irgendetwas einfaches in der Kantine oder unterwegs, so sah sein Leben halt aus. Natürlich gab es Momente, in denen er sich eine Partnerin an seiner Seite wünschte und hin und wieder ertappte er sich sogar bei dem Gedanken an eine Familie … aber das hatte bisher eben nicht sein sollen.

Als sie vor Yilmaz' Dönerglück anhielten sah Arne sofort, dass er heute wirklich *Glück* haben würde. Die Speisekarten waren hell erleuchtet, ebenso wie der Tresen und zwei große Dönerspieße drehten sich verheißungsvoll im Kreis. Henriette und Arne waren noch nicht bis zu Murats Tresen gelangt, als er sie auch schon lautstark und extrem gestenreich begrüßte.

„Merhaba arkadaşlar! Schön euch zu sehen. Womit kann ich eure Gaumen erfreuen? Wollt ihr Murats weltbesten Döner oder vielleicht doch lieber eine große Portion *Mercimek Çorbası?*"

"Hallo Murat. Schön, dass der Laden jetzt offen ist", begrüßte Henriette Murat ebenso freudestrahlend, wie er sie.

"Du weißt ja, wie man sagt: *"Emek olmadan yemek olmaz"* - *"Ohne Fleiß und Arbeit gibt es nichts zu Essen"*. Ich war fleißig, habe die Elektrik ausgetrixt, und deswegen könnt ihr jetzt auch endlich bei mir essen." Murat strahlte.

"Und, brummt das Geschäft auch schon?"

"Noch ist es ehrlich gesagt eher ruhig. Aber ich habe ja auch erst heute Morgen eröffnet. Ich bin absolut sicher, dass ich mich schon bald nicht mehr vor Kunden retten kann. Wenn sich erst einmal herumgesprochen hat, wie phantastisch mein Döner ist ..."

"Und damit sich das auch rumsprechen kann, hätte ich jetzt schrecklich gerne einen dieser hoch angepriesenen Wunder-Döner", mischte Arne, dessen Magen angesichts der herrlichen Gerüche, die über den Tresen wehten deutlich knurrte, sich ungeduldig in das Geplänkel ein.

"Sollst du haben mein Freund. Was soll drauf?"

"Alles?", fragte Arne etwas unsicher.

"Ah, ein Mann ohne Grenzen. Gefällt mir. Und welche Soße? Soll es etwas Klassisches sein? Kräutersoße, Knoblauchsoße oder scharfe Soße? Oder willst du *Murats-streng-geheime-Spezialsoße*"?

"*Murats-streng-geheime-Spezialsoße?*" Arne sah Murat mit hochgezogenen Augenbrauen an.

"Ich schwöre, dass ist das Beste, was du je gegessen hast."

"Na dann: einmal Döner mit Allem und der geheimen Spezialsoße."

"Gute Wahl, mein Freund. Und was darf ich der zauberhaften Dame anbieten?"

"Heute nichts, danke."

"Warum nicht? Traust du Murats Kochkünsten etwa nicht?" Gespielt beleidigt blickte Murat Henriette aus seinen haselnussbraunen Augen an.

"Ich bin mir sicher, dass deine rote Linsensuppe ganz hervorragend schmeckt. Aber eigentlich haben wird heute schon zu Mittag gegessen. Mein Neffe ist nur nicht satt geworden." Nun war es an Henriette gespielt beleidigt zu schauen.

"Ah musst du nicht so traurig schauen. Dein Neffe ist ein kräftiger, junger Mann. So wie ich." Murat spannte in bester Schwarzenegger-Manier die Oberarme an. "Wir haben einfach immer Hunger."

"Na wenn das so ist ..." Henriette grinste die beiden verschmitzt an während Murat sich daran machte Gemüse, Fleisch und eine rötlich-orange Soße in ein riesiges Stück Fladenbrot zu schaufeln.

"Meine Güte!", staunte Henriette nicht schlecht, "Soll das für eine ganze Familie reichen?!"

"Was?! Wieso?" Murat schaute Henriette irritiert an und reichte Arne seinen Döner. Der sah nicht im geringsten aus, als wäre ihm die Portion zu groß. "Das ist eine ganz normale Portion."

"In Berlin vielleicht." Henriette schüttelte lachend den Kopf. "Hier auf dem Land sind die Döner im allgemeinen jedenfalls deutlich kleiner. Wenn die Leute mitbekommen, wie riesig deine Portionen sind brauchst du dir um Kunden sicher keine Gedanken mehr zu machen."

"Nein, muss er sicher nicht", selig schmatzend blickte Arne von seinem Fladenbrot auf. "Dieser Döner ist eine Wucht! Ich habe ungelogen noch keinen besseren gegessen." Zufrieden biss er ein weiteres Stück ab.

"Das ist die Soße." Murat strahlte übers ganze Gesicht. "Und die mindestens genauso geheime Gewürzmischung am Fleisch." Während er das sagte legte er bedeutungsvoll den Zeigefinger auf seine Lippen und zwinkerte Henriette verschwörerisch zu.

"Bei dir ist wohl alles streng geheim." Henriette konnte sich ein Lachen nicht verkneifen. Murat wurde ihr von Sekunde zu Sekunde sympathischer. Sie mochte die jungenhafte Art, die in diesem Kerl von Mann steckte und sie hoffte aus vollem Herzen, dass das bald alle Kirchhausener so sehen würden.

"Konntet ihr schon diese dummen Gerüchte über mich und diesen Toten aus dem Weg räumen?" Wechselte Murat zu einem ernsten Thema und Henriette konnte ihm ansehen, wie sehr in das doch belastete.

"Ja und nein", antwortete Arne zwischen zwei Bissen. "Den Damen vom Klatsch und Tratsch-Kommitee hab ich einen Besuch abgestattet und ich bin mir ziemlich sicher, dass die sich in nächster Zeit etwas zurückhalten mit ihren Läster-Schnuten. Allerdings habe ich den Kellner, bei dem du deine Pizzabestellung aufgegeben hast noch nicht sprechen können, da er krank ist. Und die anderen Mitarbeiter konnten sich leider nicht an dich erinnern."

Murat sah nach dieser Aussage nicht wirklich beruhigter aus.

"Du musst dir wirklich keine Sorgen machen. Nichts, absolut Nichts deutet auf dich als Täter hin. Stimmt doch Arne, oder?" Henriette sah ihren Neffen mit einem ihrer typischen *sag alles wird gut Blicke* an. Den kannte Arne noch aus seiner Kindheit. Da hatte sie seinen Onkel immer so angesehen, wenn irgendetwas im Argen lag.

"Stimmt. Im Moment stehst du nicht auf meiner Liste der potentiellen Täter", bestätigte Arne.

"Ehrlich. *Allah'a şükür!* Wisst ihr, es ist ein echtes Scheißgefühl, wenn die Leute glauben, dass man jemanden umgebracht hat."

Das glaubte Henriette ihm sofort. Arne hatte seinen Döner mittlerweile komplett aufgegessen. In seinen Augen leuchtete die reine Glückseligkeit und in seinen Mundwinkeln klebten noch Reste von *Murats-streng-geheimer-Spezialsoße*, was Henriette ein weiteres Mal breit Lächeln ließ. Sie griff sich eine Serviette und reichte sie schweigend an Arne weiter, der sich damit, begleitet von einem entschuldigendem Achselzucken, den Mund abwischte.

Nur wenige Minuten später saßen die beiden wieder in Arnes Auto.

"Und wohin fahren wir jetzt?", fragte Henriette, während ihre Finger gedankenverloren mit einem Päckchen, dass in ihrem Schoß lag, spielten.

Natürlich hatte Murat es sich nicht nehmen lassen, Henriette wenigstens etwas Süßes für zu Hause einzupacken.

"*Dich* fahre ich jetzt nach Hause und danach fahre *ich* zur Wohnung von Andreas Kneitel."

"Ich denke, wir sollten *beide* zu Andreas Kneitels Wohnung fahren. Vier Augen sehen ja bekanntlich immer mehr als zwei."

"Tante Henni, ich weiß nicht einmal, ob die Spurensicherung da schon durch ist. Und selbst wenn, ist die Wohnung versiegelt. Da kann ich dich nicht einfach so mit rein nehmen."

"Püh, seit wann interessieren dich denn plötzlich solche Kleinigkeiten?"

"Eigentlich schon immer. Du torpedierst mich nur immer." Arne sah seine Tante tadelnd an.

"Ich torpediere niemanden! Ich helfe", gab Henriette empört zurück.

"Nenn es wie du willst." Wenn Arne seine Hände nicht für das Lenken des Wagens gebraucht hätte, hätte er sie jetzt sicherlich demonstrativ vor seiner Brust verschränkt.

"Das sind eben meine Gene." Hennriette sah ihren Neffen trotzig an.

"Oh, komm mir jetzt nicht wieder mit deiner vermutlichen Abstammung von Sir Arthur Conan Doyle."

"Also ich glaube daran, dass meine Ururoma Hertha eine Affaire mit Doyle hatte, als der seine Überquerung der Maienfelder Furga vorbereitete ...” Henriette nickte nachdrücklich mit dem Kopf. Sie liebte diese Familienlegende. Das gab ihrer Familie etwas leicht Verruchtes ... und Geheimnissvolles ... und irgendwie auch etwas Glamouröses.

“Ahh.” Arne seufzte resigniert. “Du lässt dich ja eh nicht abschütteln, oder?”

“Nein!”

“Also gut. Du kannst mitkommen. Aber wenn die Spurensicherung noch in der Wohnung ist ...”

“ ... muss ich draußen bleiben”, beendete Henriette den Satz für ihren Neffen. “Schon klar.”

Henriette hatte Glück. Die Spurensicherung hatte die Wohnung von Andreas Kneitel bereits verlassen und so betrat sie gemeinsam mit Arne die schmuddelige Behausung des Toten. In der ganzen Wohnung waren die Spuren der Spurensicherung deutlich zu sehen. Überall hafteten die Reste des Rußpulvers und natürlich hatte sich auch niemand die Mühe gemacht geöffnete Schränke oder Schubladen wieder zu verschließen.

“Müsst ihr eigentlich immer wie eine Horde wilder Affen einfallen, wenn ihr eine Wohnung durchsucht?” Henriette stieg vorsichtig über eine mitten im Zimmer liegende Schublade, dessen Inhalt offensichtlich komplett durchwühlt wurde.

“Das ist nicht meine Baustelle”, Arne hob beschwichtigend die Hände. “Ich finde es auch völlig unnötig alles durch die Gegend zu zerren, aber so arbeitet die Spusi halt.

"Ich persönlich bezweifle ja, dass man mit dieser Methode mehr Erfolg hat, als wenn man sich einfach alles in Ruhe ansehen würde."

"Da gebe ich dir absolut Recht!", stimmte Arne seiner Tante zu, während er seinen Blick langsam durch den Raum gleiten ließ.

Schweigend arbeiteten sich die beiden durch die komplette Wohnung, bemüht irgendeine Kleinigkeit zu finden, die auf ein Mordmotiv hindeuten könnte. Doch je länger sie sich in der Wohnung aufhielten, desto klarer wurde, dass die Spusi entweder alles, was von Interesse sein könnte, bereits eingepackt hatte, oder dass es nie einen Hinweis gegeben hatte.

"Himmel, woher wisst ihr eigentlich, was wichtig sein könnte und was nicht?", fragte Henriette und klang dabei fast ein wenig resigniert. "Ich hab hier zum Beispiel einen ganzen Stapel Fotos, auf denen Andreas Kneitel mit den verschiedensten Leuten bei diversen Dorffesten in mehr oder weniger betrunkenen Zustand zu sehen ist. Woher soll ich denn jetzt wissen, ob einer dieser Typen ein Problem mit dem Kneitel hatte?". Sie seufzte und legte die Fotos zurück in eine halb herausgezogenen Schublade.

"Das kannst du gar nicht wissen. Deswegen nehmen die Kollegen von der Spurensicherung im

Normalfall auch in erster Linie persönliche Dokumente, also Steuerunterlagen, Kontoauszüge, Versicherungsunterlagen und so weiter, mit. Und natürlich auch immer die vorhandenen elektronischen Geräte, wie Computer, Tablets und Handys."

"Na toll, und was suchen wir dann noch hier?", maulte Henriette. "All diese Dinge sind ja offensichtlich wirklich nicht mehr hier. Ich habe jedenfalls keinen Computer oder ähnliches gesehen."

"Wir, mein lieber Sherlock, wir lassen die Sachen wirken."

"Wirken?", Henriette sah ihren Neffen mit hochgezogenen Brauen fragend an.

"Ja, wirken. Im Gegensatz zu den Kollegen von der Spurensicherung kannten wir Andreas Kneitel. Das verschafft uns einen gewissen Vorteil." "Was denn für einen Vorteil?"

"Naja, hättest du in dem Stapel Fotos eben zum Beispiel ein Bild gefunden, auf dem neben Kneitel der Tote vom Klara-Brunnen steht, wäre das natürlich für uns von Interesse. Für die Spurensicherung hingegen wären alle Menschen auf den Fotos gleich unbekannt. Oder wie wäre es damit: würde es dich nicht ziemlich überraschen, wenn wir hier ... sagen wir ... Fachliteratur zum Thema Atomphysik finden würden?"

Henriette nickte.

"Für die Kollegen der Spusi wäre es allerdings vermutlich einefach nur ein Buch", fuhr Arne fort.

"Du hast recht. Soweit habe ich nicht gedacht", gab Henriette zu. Neugierig sah sie ihren Neffen an. "Und? Wirkt denn hier etwas auf dich, Watson?"

Arne schüttelte den Kopf. "Nicht das Geringste. Hier drin ist es genauso trist und muffig, wie ich es nach meinem kurzen Gespräch an der Haustür neulich erwartet habe."

"Und nun?" Henriette sah Arne aus fragenden Augen an.

"Nun fahre ich dich nach Hause, da trinken wir zusammen noch einen deiner wundervollen Hagebutten-Tees und danach schau ich noch mal bei Müller im Büro vorbei und frage nach dem Stand der Dinge. Vielleicht hat er ja etwas Brauchbares von der Spurensicherung bekommen."

Sie verließen die Wohnung und Arne brachte ein neues Polizeisiegel an der Tür an. Kurz vor Arnes Wagen blieb Henriette plötzlich stehen und sah zum Grundstück von Andreas Kneitel zurück.

"Wir müssen noch einmal zurück", platzte es aus ihr heraus und dabei trat ein seltsames Leuchten in ihre Augen.

"Was? Warum?"

"Weil da gerade etwas bei mir wirkt", sie zwinkerte ihm zu und ging schnurstraks zurück. Zu Arnes Verwunderung bog sie allerdings vor der

Wohnungstür nach rechts ab und verschwandt hinter einer schulterhohen Tuja-Hecke.

Neugierig folgte Arne ihr und staunte nicht schlecht, als er seine Tante vor einer großen Box stehen sah.

"Was machen wir hier", fragte er irritiert.

"Mir ist vorhin in der Wohnung etwas aufgefallen, aber ich konnte es nicht wirklich greifen. Ich wusste, dass irgendetwas komisch ist. Nicht passt. Verstehst du?"

Arne nickte.

"Papiermüll. In der ganzen Wohnung lag kein Papiermüll."

"Es soll ja Menschen geben, die ihren Müll jeden Abend entsorgen." Man sah Arne an, dass er seiner Tante nicht wirklich folgen konnte.

"Stimmt, die soll es geben. Aber erstens, machte Andreas Kneitel nicht unbedingt den Eindruck eines sehr, sehr ordentlichen Mannes auf mich und zweitens war der Eimer für den Hausmüll sehr wohl recht gut gefüllt, genauso wie die Kiste für das Altglas ... aber die Kiste daneben war komplett leer ... "

"Und daraus schlussfolgerst du ... ?"

"Dass Herr Kneitel seinen Papiermüll anscheinend möglichst schnell verschwinden lassen wollte." Ohne weiter zu zögern öffnete Henriette die Box und zum Vorschein kamen die Mülltonnen. Beherzt griff sie in die Tonne für das Altpapier, förderte die ersten Zeitungen und Werbeprospekte zu Tage und drückte sie ihrem Neffen in die Hände. Der schaute erst leicht verdutzt, sah sich dann jedoch das von seiner Tante geborgene Material an und staunte nicht schlecht. Bereits beim Blick auf die zweite Zeitung war klar, dass seine Tante mal wieder den richtigen Riecher gehabt hatte.

"Volltreffer Tante Henni! Du bist einfach unglaublich. Anscheinend hast du eine ganz eigene Verbindung zu den Mülltonnen von anderen Leuten." Arne grinste breit und spielte damit ganz offensichtlich auf den Mord am alten Hösselbarth an, bei dem seine Tante schon einmal einen entscheidenden Hinweis auf den Mörder im Müll der Familie des Toten gefunden hatte.

"Was hast du gefunden?", fragte Henriette neugierig ohne weiter auf die Anspielungen ihres Neffen einzugehen. Stattdessen griff sie ein weiteres Mal in die Tonne.

"Löcher. Sehr viele Löcher:"

"Was denn für Löcher?", sie ließ die weiteren Zeitungen zurück in die Tonne gleiten und wandte sich ihrem Neffen zu. Der hielt ein ziemlich durchlöchertes Werbeprospekt in die Luft und Henriette zog hörbar die Luft ein.

"Das sieht schwer danach aus, als hätte der Kneitel einen Erpresserbrief gebastelt", konsternierte Henriette.

"Das sehe ich ähnlich."

"Und nun?"

"Nun werden wir das ganze Papier einladen und einen wundervollen Puzzelabend haben." Arne zwinkerte ihr zu. "Ich hole mal eben eine Tüte aus meinem Wagen. Wir können ja schlecht die ganze Tonne mitnehmen."

Während Henriette zwei Tassen Kräuter-Tee aufbrühte, kippte Arne die Tüte mit den Papierresten auf den Küchentisch und verteilte die Zeitungen und Prospekte großflächig.

"Das wird sicher ein Riesenspaß", Arnes Stimme triefte nur so vor Sarkasmus und Henriette erinnerte sich daran, dass Arne schon als Kind kein Freund von Puzzeln war. Ihm fehlte einfach die Geduld. Für Henriette hingegen konnte ein Puzzle gar nicht groß genug sein. Je mehr Teile, desto besser. Früher hatten sie und ihr verstorbener Mann Paul oft gepuzzelt. Meist waren es Landschaften und Sehenswürdigkeiten mit 3000 Teilen. Nur einmal hatte Paul sich eine historische Seeschlacht besorgt. 5000 Teile Wasser und Takelagen. Der reinste Albtraum! Henriette erinnerte sich, dass das Brett, auf dem dieses Kunstwerk zusammen gepuzzelt werden sollte, ewig im Wohnzimmer lag. Doch weder sie noch Paul wollten aufgeben. Aufgeben kam nicht in Frage! Vermutlich war Paul unter anderem auch deswegen ein so guter Polizist gewesen. Geduld und Hartnäckigkeit lagen im praktisch im Blut. Henriette musste lächeln.

"Ich weiß, wie wir vielleicht ein wenig *schummeln* können." Henriette reichte Arne den dampfenden Tee, zwinkerte ihm verschwörerisch zu, stellte ihre eigene Tasse vorsichtig zwischen den ganzen Papierbergen ab und verschwand dann in der an die Küche angrenzenden Vorratskammer. Nur wenige Augenblicke später kam sie beladen mit weiterem Papier zurück. Mit einen triumphierenden *Tataa!* legte sie den Stapel vorsichtig neben Arne auf die Sitzbank.

"Was ist das?"

"Na die Werbewurfsendungen der letzten Wochen. Altpapier wird – zum Glück für uns – erst nächste Woche wieder abgeholt. Und ich gehe doch mal ganz stark davon aus, dass Herr Kneitel und ich mehr oder weniger die selben Werbeblättchen bekommen haben. Nur mit dieser Autotuning Zeitung", Henriette zog ein Magazin, auf dessen Cover irgendein amerikanischer Sportwagen abgebildet war, aus Kneitels Papierhaufen, "kann ich nicht dienen. Aber so wie es aussieht, fehlen da auch nicht viele Wörter oder Buchstaben." Henriette blätterte kurz durch einzelne Seiten und fand nur wenige Löcher. "Jedenfalls können wir die Hefte so vergleichen und ich denke, dass wir so eine Menge Zeit sparen können."

"Weil wir so sehen können, welche Buchstaben oder Wörter fehlen und nicht erst ewig herum raten müssen." Arne nickte anerkennend. "Du bist wirklich ein Fuchs, Tante Henni." Arne trank einen großen Schluck aus seiner Teetasse. "Hm, der ist lecker. Was ist das für eine Sorte?", er nahm direkt einen weiteren Schluck und schloss genießerisch die Augen.

"Das ist eine Mischung, die mir Lilo Herz, du weißt schon, die nette Rothaarige aus dem *Bauernfreund*, empfohlen hat. Sie nennt sie liebevoll *Murmeltier-Glück*, weil fast nur Kräuter darin enthalten sind, die aus den Alpen oder dem Alpenvorland stammen."

"Aha, *Murmeltier-Glück*. Na dann richte ihr doch beim nächsten Mal aus, dass diese Mischung nicht nur Murmeltieren, sondern auch Kriminalpolizisten schmeckt." Arne schüttelte leicht belustigt den Kopf. Auf was für Namen manche Leute so kamen ...

"Mache ich gerne. Aber nu ist mal wirklich genug gequasselt, wir sitzen hier ja schließlich nicht nur zum Teetrinken." Beherzt griff sie sich das erste Werbeprospekt und suchte das passende Gegenstück in dem Müll aus Kneitels Tonne. Es dauerte nicht lange und dann hatte jeder von ihnen drei komplette und drei zerpflückte Prospekte vor sich. Dazu hatte Arne noch das monatlich erscheinende *Kirchhausener-Stadtblatt* und Henriette die letzte Ausgabe des *Himmelsboten*, dem Kirchenblatt der hiesigen Gemeinde. Konzentriert schweigend arbeiteten sich die beiden durch die Blätter und schrieben dabei alle fehlenden Wörter und Buchstaben auf. Als sie sich schließlich durch ihre jeweiligen Papiere gearbeitet hatten, lag vor beiden eine Liste mit unzähligen Wörtern und Buchstaben.

"Und aus dem Mist sollen wir jetzt einen sinnvollen Text basteln?", Arne war die pure Verzweiflung ins Gesicht geschrieben.

"Jetzt schau doch nicht gleich so unglücklich. So schwer kann das doch nicht sein. Immerhin gibt es ja so etwas wie ein Standart-Erpresser-Schreiben, oder? Hier zum Beispiel habe ich einmal eine 10 und ich habe auch noch 000. Also gehe ich ganz stark davon aus, dass unser werter Herr Kneitel 10.000 Euro erpressen wollte. Oder hast du noch andere Zahlen?"

"Ich habe hier noch *neun* als Wort. Aber ich denke, dass sich das eher auf eine Uhrzeit bezieht."

"Ich habe *Uhr* und *Abend*."

"Kneitel wollte also anscheinend 10.000 Euro und die Übergabe hatte er vermutlich für neun Uhr abends angesetzt", schlussfolgerte Arne nachdenklich.

"Genau! Sag ich doch, dass das nicht so schwer sein kann. Als nächstes sollten wir nach Substantiven suchen", schlug Henriette vor, nahm sich ein leeres Blatt Papier und begann alle Substantive auf das neue Blatt zu übertragen. Arne tat es ihr gleich.

"Also, was hast du?", fragte Henriette, nachdem sie ihre Substantive heraus sortiert hatte.

"*Ort, Sohn* und *Platz*", gab Arne an. "Nicht wirklich viel."

"Ich habe außer *Uhr* und *Abend* noch *Spiel, Morgen, Euro* und *Tote* und seltsamer Weise auch *Eier*", Henriette runzelte verwundert die Stirn.

"Eier?", fragte Arne und sah dabei nicht weniger irritiert drein, als seine Tante.

"Ja, Eier." Henriette zuckte mit den Schultern. "Das wird sich sicher klären, wenn wir mehr haben."

"Oder Kneitel wollte nicht 10.000 Euro, sondern 10.000 Eier", gab Arne schmunzelnd zu bedenken.

"Sicher. Und für die dann übrig bleibenden *neun Euro* wollte er sich dann vermutlich eine Packung Zigaretten kaufen." Henriette zeigt ihrem Neffen einen Vogel. "Lass uns weiter machen. Hast du andere komplette Wörter gefunden?"

"*Wenn, Keine, war, soll, ein* und zweimal *der*."

"Okay, ich habe *am, das, nicht, zum, an, wissen* und *Ring*", erweiterte Henriette die Liste. "Dazu noch ein *g*, ein *e* und ein *d* und ein *chen*.

"Da biete ich ein *W*, ein *b*, ein *tz* dazu noch ein *M,* ein *ä* und einige Ausrufezeichen.*"* Arne sah seine Tante an. "Und? Hast du schon eine Idee?"

Henriette blickte angestrengt auf die Buchstaben und Wörter. Arne konnte sehen, wie es in ihren grauen Zellen rotierte.

"Also, einig sind wir uns ja wohl bei den 10.000 Euro ... dann haben wir sicher auch noch neun Uhr Abend ... wir haben also die Summe und die

Uhrzeit der Übergabe. Wichtig wäre also noch wo das Treffen stattfinden sollte und was Kneitel gegen den Empfänger in der Hand hatte."

"Wenn das soweit stimmt, kann das Treffen jedenfalls nicht morgens auf dem Schrottplatz stattgefunden haben", schlussfolgerte Arne.

"Obwohl wir ein *Platz* in der Liste haben", gab Henriette zu bedenken.

Arne ließ seinen Blick über die Listen gleiten, dann fragte er:" Könnte es der Spielplatz gewesen sein? Wir haben *Platz* und *Spiel* und ich denke auf korrekte Rechtschreibung brauchen wir nicht achten."

"Ja, an einem Spielplatz. Aber welcher Spielplatz?"; Henriette zog die Brauen kraus und bohrte ihren Blick auf die Buchstaben und Wörter. Plötzlich schlug sie sich mit der Hand an die Stirn.

"Keine Eier! Es geht um den Spielplatz am Weiher. Kneitel hat es sich nur einfach gemacht und W und Eier zusammengeklebt. Du hast recht, Rechtschreibung hat ihn nicht gerade interessiert."

"Genial! Tante Henni, du bist und bleibst genial."

Gemeinsam kämpften sie sich weiter durch die Listen und waren sich nach vielen Versuchen relativ sicher, dass Kneitel den vermeintlichen Vater des Toten aus dem Klara-Brunnen erpressen wollte.

"Und damit sind wir dann ja wohl wieder bei Pfarrer Tiele." Seufzend lehnte Arne sich auf seinem Stuhl zurück.

"Aber woher könnte Kneitel gewusst haben, dass Stefan Gormann eine – wie auch immer geartete Verbindung – zum Pfarrer haben könnte?", warf Henriette eine nicht unerhebliche Frage in den Raum, die Arne noch tiefer seufzen ließ. "Ich habe nicht die geringste Ahnung", gab er leise zu.

"Könnte er die Fotos gesehen haben, die wir gefunden haben?", fragte Henriette.

"Möglich, aber doch eher unwahrscheinlich."

"Die Fotos waren in seinem Portemonai. Vielleicht hat Kneitel sie irgendwie gesehen, als Gormann in der *Linde* gegessen hat."

"Das glaube ich wirklich nicht. Sie waren in der Innenseite des Geldbeutels und selbst wenn Kneitel einen Blick darauf erhaschen konnte, bezweifle ich doch stark, dass ein kurzer Blick ihm gereicht hätte um die Personen zu erkennen. Ganz ehrlich? Ich glaube du hättest Kneitel die Bilder als Poster an die Wand hängen können und er hätte nicht gerafft, wen er da sieht."

""Uh ... das war jetzt aber gar nicht nett", Henriette knuffte ihren Enkel in die Seite und verkniff sich ein Lachen.

"Ist doch wahr."

"Naja, der Hellste schien er wirklich nicht zu sein. Aber das kann uns ja auch egal sein. Wir müssen schließlich nur herausfinden, wen er erpresst hat und von wem er im Anschluss ermordet wurde. Und ich würde mich jetzt mal soweit aus dem Fenster legen und behaupten, dass wir dafür ein und denselben Menschen suchen."

"Da stimme ich dir uneingeschränkt zu." Arnes Handy brummte. Nachdem er sich kurz damit beschäftigt hatte, sah er seine Tante an. "Die Pathologie hat den Todeszeitpunkt weiter eingrenzen können. Auf halb acht bis halb neun. Und sie haben uns bestätigt, dass der Bolzen aus einer mittelgroßen Armbrust stammen muss."

"Fassen wir also zusammen, was wir in den letzten Stunden erarbeitet haben. Kneitel hat anscheinend unseren Herrn Pfarrer erpresst, weil er - wie auch immer – herausgefunden hat, dass unser Mann der Kirche anscheinend ein uneheliches Kind gezeugt hat. In einem Ort, wie Kirchhausen sicher ein brisantes Thema. Wir wissen nicht, ob er das geforderte Geld bereits bekommen hatte, als man ihn morgens zwischen halb acht und halb neun auf Schobners Schrottplatz mittels einer mittelgroßen Armbrust niedergeschossen hat."

"Korrekt", stimmte Arne seiner Tante zu. "Und damit steht auf meiner Liste der Verdächtigen eurer Pfarrer nun ganz oben."

"Du kannst dir wirklich vorstellen, dass unser Herr Pfarrer mit einer Armbrust durch Kirchhausen rennt?", Henriette sah Arne skeptisch an.

"Ich kann mir beinahe alles vorstellen. Das ist leider eine typische Nebenerscheinung meines Jobs."

"Eine Sache steht deiner Theorie aber extrem im Weg. Um diese Uhrzeit findet in St. Nikolaus eigentlich immer die Morgenmesse statt."

"Sag dass das nicht wahr ist", Arne raufte sich die Haare und sah seine Tante flehentlich an.

"Doch. Wenn die Messe also nicht aus irgendeinem Grund ausnahmsweise ausgefallen ist ..." Henriette ließ den Satz unbeendet im Raum stehen.

"Argh. Dieser Fall hasst mich!"

Als Arne sich wenig später auf den Heimweg machte, hatten sie beschlossen, dass er sich am nächsten Tag zunächst im Büro mit seinen Kollegen austauschen würde. Währenddessen wollte Henriette sich zunächst erkundigen, ob die Messe am Morgen von Kneitels Tod normal stattgefunden hatte und sich im Anschluss noch umhören, wer in Kirchhausen eine Armbrust besitzen könnte. Arne hatte wider erwartend wenig Widerstand geleistet. Er wusste, wann ein Kampf aussichtslos war und wenn er ehrlich sein sollte, war ihm auch klar, dass seine Tante vermutlich deutlich schneller als er zu brauchbaren Ergebnissen kommen würde. Die Leute tratschten eben lieber mit einer Einheimischen, als der Polizei

Fragen zu beantworten. Auch wenn es am Ende des Tages im Grunde auf das Selbe hinauslief.

Henriette machte sich sofort nach dem Frühstück auf den Weg. Natürlich wollte sie zu Trudi. Wenn jemand wusste, ob es in Kirchhausen Armbrustbesitzer gab, dann mit Sicherheit Trudi. Aber zuvor würde sie noch bei Eva Berg vorbeischauen. Eva würde auf jeden Fall wissen, ob die gestrige Morgenmesse ohne Zwischenfälle und pünktlich stattgefunden hatte.

Sie hatte Glück. Sie fand Eva beim Rosen schneiden direkt hinter ihren Gartentor.

"Guten Morgen Eva!", begrüßte Henriette die Chorleiterin und strahlte sie dabei aus vollem Herzen an.

"Oh, guten Morgen Henriette. Was treibt dich denn so früh aus dem Haus?"

"Ich bin auf dem Weg zu Trudi."

"Dann grüß sie bitte ganz lieb von mir."

"Das werde ich. Aber vorher würde ich dich gerne noch etwas fragen."

"So? Was denn?", Eva hatte ihre Schere zur Seite gelegt und blickte Henriette neugierig an.

"Ich wüsste gerne, ob gestern in der Morgenmesse von St. Nikolaus irgendetwas ungewöhnlich war."

"Ungewöhnlich?", Eva runzelte die Stirn. "Was meinst du denn mit ungewöhnlich?"

"Naja, hat die Messe pünktlich angefangen, war sie genauso lang, wie immer ... oder war eben irgendetwas anders, als sonst?", führte Henriette ihre Frage näher aus.

"Hat das etwa etwas mit dem Mord an Andreas Kneitel zu tun?", Evas Stimme wurde schrill.

"Was, wie kommst du denn darauf?" Auf keinen Fall würde Henriette zugeben, dass sie den Pfarrer auf ihrer Täterliste hatten. Dieses Gerücht wäre schneller als der Schall und das konnte Arne ganz und gar nicht gebrauchen. Ihr musste schnell etwas anderes einfallen. "Nein, nein. Ich habe gestern Abend nur zufällig gehört, wie sich einige Damen grummelnd über die Messe unterhalten haben. Es klang so, als wäre irgendetwas seltsam gewesen."

"Und das interessiert dich?", Eva schaute Henriette misstrauisch an, dann wackelte sie verschwörerisch mit dem Zeigefinger und sagte:" Ich glaube dir kein Wort Henriette Weber. Aber ich schwöre dir, dass ich niemanden etwas von deinen seltsamen Fragen sagen werde. Und nein, ich habe nichts an der Messe besonders auffällig gefunden. Theresia hat uns wie immer vor der Tür begrüßt und drinnen wuselte – zugegeben ein wenig hektischer als sonst – der Pfarrer umher. Das Orgelintro am Anfang der Messe war etwas lang, aber das ist es hin und wieder. Da tobt sich der gute Francesco dann ein wenig zu sehr aus, wenn du mich fragst. Aber sonst ... obwohl, sowohl Theresia, als auch der Pfarrer wirkten an dem

Morgen bei Weitem nicht so konzentriert wie sie es normalerweise sind."

"Wie meinst du das?", fragte Henriette - hellhörig geworden – nach.

"Naja, sie war irgendwie hektisch", gab Eva zu. "Für die Fürbitte gibt Theresia dem Pfarrer immer eine kleine goldene Kladde. Keine Ahnung warum, aber das machen die beiden schon seit Jahren so. Der Pfarrer kündigt an, dass die Fürbitten kommen, dann steht Theresia auf und bringt ihm besagte Kladde, aus der der Pfarrer dann vorliest. Ich schätze es soll das Ganze etwas auflockern", sie zuckte mit den Schultern." Na jedenfalls wirkten beide dieses Mal etwas unsortiert. Um ehrlich zu sein stolperte Theresia fast zum Altar hoch und der Herr Pfarrer wirkte auch etwas fahrig. Aber das war auch schon alles, was eventuell auffällig gewesen sein könnte. Hilft dir das weiter?"

"Das weiß ich ehrlich gesagt noch nicht." Henriette dachte nach: Ein angeblicher Sohn, der plötzlich auftaucht … das würde sicher nicht nur einen Geistlichen aus der Bahn werfen. So weit also kaum seltsam. Und Henriette war sich ziemlich sicher, dass Theresia längst wusste, dass der Fremde behauptet hatte, der Sohn vom Pfarrer zu sein. Wenn es um den Pfarrer oder seine Kirche ging wusste Theresia einfach alles. In der Hinsicht war sie die Neugier in Person. Wenn beide also leicht unkonzentriert gewirkt hatten, musste das leider noch gar nichts bedeuten …

Henriette verabschiedete sich und ging grübelnd in Richtung Marktplatz davon.

Schon vom anderen Ende des Platzes konnte sie Trudis Eiswagen hören, der in einer Tour *Zwei kleine Italiener* dudelte. Als sie näher kam, konnte sie auch sehen weshalb. Anscheinend hatte die Grundschule heute Wandertag, denn rund um den Eiswagen tummelten sich unzählige Kinder und bestellten eben nicht nur Eis, sondern machten sich auch einen Spaß daraus, immer und immer wieder an der Schnur zu ziehen, die den 60er Jahre Schlager von Cornelia Froboess in Gang brachte. Am Wagen angekommen, konnte Henriette nur staunen. Inmitten des ganzen Chaos stand Peter, die Ruhe selbst, und verteilte lächelnd ein Eis nach dem anderen. Henriette hob eine Hand zum Gruß und betrat dann *Trudis TörtchenTraum*.

"Ich hoffe sehr für dich, dass du Peter mit einem wirklich guten Knebelvertrag für immer an dein Café gebunden hast:" Henriette umarmte ihre Freundin, die gerade dabei war einen frei gewordenen Tisch abzuwischen und neu einzudecken.

"Henriette, schön dich zu sehen. Haben deine Füße den Einsatz von gestern gut überstanden? Ich kann dir gar nicht oft genug danken." Trudi musterte Henriette im wahrsten Sinne von Kopf bis Fuß. "Und was Peter angeht: Ich danke dem

Schutzpatron der Gastronomie jeden Tag, dass er mir so eine Perle geschickt hat."

"Es gibt einen eigenen Schutzpatron für die Gastronomie?", Henriette starrte ihre Freundin ungläubig an.

"Natürlich! Naja, wenn man es genau nimmt teilen wir uns den guten *Goar* noch mit den Töpfern, den Winzern und einigen anderen", sie zuckte so heftig mit den Schultern, dass ihre ordentlich zu großen Locken aufdrapierten blonden Haare bedrohlich ins Wanken gerieten.

"Ich werde diese ganze Schutzpatron und Engel-Sache wohl nie verstehen", gab Henriette zu.

"Ich ja auch nicht. Aber manche Dinge weiß man eben. Sogar als verkappte Wikingerin." Trudi lachte und spielte damit auf die Vorliebe ihrer Mutter für die sagenumwobenen Nordmänner an, der sie ihren eigentümlichen Namen Gertrudis verdankte. Gertrudis, das hieß so viel wie: *starke Speerwerferin*.

"Wo wir schon bei den Wikingern sind", nahm Henriette diese Steilvorlage gerne entgegen,"hast du je gehört, dass irgendjemand hier im Ort eine Armbrust besitzt?"

Trudi sah ihre Freundin kurz verdutzt an, dann schien sie zu verstehen. "Willst du damit etwa andeuten, dass der Kneitel Andreas mit einer Armbrust erschossen wurde?"

"Das habe ich nicht gesagt", gab Henriette mit gespielter Entrüstung zurück, doch Trudi kannte sie einfach zu gut und so sah sie Henriette eindringlich an bevor sie ihr mit dem Zeigefinger gegen die Brust pikste und sagte: "Du machst mir nichts vor! Also ... ?"

"Also schön", Henriette gab sich geschlagen. Trudi konnte sie eh nichts vormachen. Außerdem vertraute sie ihr blind. "So wie es aussieht ist Andreas Kneitel mit einer mittelalterlichen Armbrust erschossen worden."

"Krass! Allen Ernstes? Mit einer Armbrust? Das nenne ich mal originell." Trudi schien geradezu entzückt.

"Deine Begeisterung für seltsame Tötungsmethoden macht mir ein wenig Angst." Henriette sah Trudi mit gespielten Entsetzen an.

"Muss wohl das Wikingerblut in mir sein", Trudi grinste entschuldigend.

"Sicher. Aber im Ernst, kennst du jemanden mit einer Armbrust?"

Trudi schwieg eine ganze Weile und man sah ihr an, wie sie alle Windungen in ihrem Gehirn durchforstete. Dann, plötzlich, trat ein Wissender Ausdruck in ihr Gesicht und sie sah Henriette aus ihren großen, grünen Augen an. "Aber ja, das muss es sein!"

"Was?" Henriette blickte Trudi aufgeregt an.

"Habt ihr mal an die *Lustigen Lehnsmänner* gedacht?"

"An wen?" Henriette hatte keine Ahnung was Trudi ihr damit sagen wollte.

"Die *Lustigen Lehnsmänner*. Das ist die Mittelalter-Gruppe, die auch immer unser Mittelalter-Spektakel unten am Weiher unterstützt."

Das Mittelalter-Spektakel kannte Henriette natürlich. Seit Jahren fand auf den Wiesen und Wegen rund um den Kirchhausener Weiher dieses Event statt. Feuerspucker, inszenierte Kämpfe, mittelalterliches Essen und Trinken, Spiele für die Kinder ... eben alles, was dazu gehörte.

"Natürlich! Daran hatte ich überhaupt nicht gedacht." Henriette schlug sich mit der Hand gegen die Stirn. Wie hatte sie das denn vergessen können? Bei diesen Festen gab es Lanzen, Speere, Äxte, Bögen und auch Armbrüste hatte Henriette dort schon des Öfteren gesehen.

"Trudi, du bist Gold wert! Ich kann kaum glauben, dass ich da nicht von alleine drauf gekommen bin."

"Naja, du weißt ja, wie man sagt: Manchmal sieht man den Wald vor lauter Bäumen eben nicht."

"Stimmt. Vermutlich war es genau das. Du kennst nicht zufällig ein oder zwei Leute, die da mitmachen?" Henriette sah ihre Freundin hoffnungsvoll an. Diese überlegte kurz, dann begann sie ganz langsam zu nicken. "Wenn ich mich richtig erinnere, habe ich letztes Jahr Heidi und Peter Franz mit einem Stand am Weiher gesehen und ich glaube, sie haben auch bei der Organisation mitgeholfen. Also selbst, wenn sie keine Mitglieder bei den *Lustigen Lehnsmännern* sind, sollten sie doch den einen oder anderen kennen, der es ist."

"Die Franz' ? Von der *Bäckerei Franz*?"

"Genau die. Ich hab mir da ein Hirse- Fladenbrot gekauft. Man das war lecker ..."

Henriette ahnte, dass sie Trudi jetzt schnell stoppen musste, weil ihr ansonsten sicher eine ausführliche Abhandlung über die Vorzüge von Hirse-Fladenbroten bevorstehen würde. Trudi war einfach nicht aufzuhalten, wenn sie sich für etwas begeisterte. Egal ob es um so banale Dinge wie altertümliche Brotrezepte oder um die große Weltpolitik ging.

"Trudi, sei mir nicht böse, aber ich schätze, ich sollte möglichst schnell rüber zu den Franz'. Wenn sie wirklich ein paar Namen für mich haben, würde das Arne sicher enorm weiter helfen. Ehrlich gesagt ist er bisher ziemlich ratlos." Henriette hatte kurzerhand entschlossen, Trudi noch nichts von dem vermeintlichen Erpresserbrief zu erzählen. Natürlich konnte sie sich auf Trudi verlassen. Wenn Henriette sie bitten würde mit niemanden darüber zu sprechen, würde Trudi sich eher die Zunge abschneiden, als irgendjemanden auch nur ein Sterbenswörtchen zu sagen. Aber Henriette wollte lieber warten, bis Arne sich sicher war, dass der Brief tatsächlich an den Pfarrer adressiert war. Wenn man Trudi Platz für Spekulationen ließ, konnte es nur zu leicht passieren, dass sozusagen die Pferde mit ihr durchgingen. Trudis Fantasie war in solchen Dingen schier grenzenlos. Natürlich konnte das hin und wieder auch hilfreich sein. Keine Frage. Aber eben nicht immer.

„Er kommt also nicht gut voran?"

„Nein, bisher leider nicht."

„Aber Murat hält er doch hoffentlich nicht mehr für verdächtig?"

„Hör mal, du weißt doch ganz genau, dass Arne Murat niemals wirklich für verdächtig gehalten hat." Henriette klang leicht empört. „Natürlich musste er den albernen Anschuldigungen der alten Tratschtanten nachgehen, aber das ist doch nur für`s Protokoll."

„Gut. Denn Murat ist ganz sicher kein Mörder."

„Du magst ihn", Henriette sah ihre Freundin neckend an.

„Natürlich. Warum auch nicht? Er ist doch ein patenter, freundlicher junger Mann."

„Aha … patent, ja?" In Henriettes Blick lag die deutliche Frage: „Und sonst?"

„Also Henni, bitte. Du glaubst doch nicht allen Ernstes, dass ich an Murat beziehungstechnisch interessiert bin!" Trudi sah ihre Freundin entsetzt an. „Der ist doch viel zu jung für mich."

„Ach, Alter soll ja heutzutage eher irrelevant sein", gab Henriette grinsend zurück.

„Na also für mich nicht! Was ich suche, ist ein gestandener Mann."

„Mensch Trudi, lass dich doch nicht immer so leicht aufziehen", Henriette lachte und umarmte ihre Freundin herzlich. Dann verabschiedete sie sich, um bei der Bäckerei Franz vorbeizuschauen.

Nur wenige Minuten später verließ sie die Bäckerei äußerst zufrieden, denn in ihrer Manteltasche steckte nun ein Zettel mit der Adresse des ersten Vorsitzenden der *Lustigen Lehnsmänner*.

Zu Hause fand sie Mrs. Hudson friedlich dösend zwischen den Sonnenhut-Stauden. Von Mycroft war hingegen weit und breit nichts zu sehen, was Henriette aber nicht wirklich wunderte. Der Kater war eben einfach ein Streuner. Nachdem sie ein Glas Wasser getrunken hatte, rief sie umgehend Arne an.

„Tante Henni, ich hoffe du hast hilfreiche Neuigkeiten für mich, denn hier im Büro liegen scheinbar nur Sackgassen vor mir."

„Es gibt also nichts Neues?"

„Nein. Absolut nichts! Nichts auf den Geräten, die die Spurensicherung aus Kneitels Wohnung mitgenommen hat. Keine brauchbaren Spuren auf, oder um den Schrottplatz herum und der Kellner aus der Pizzeria ist noch immer krank."

„Na dann wird deine Lieblingstante jetzt mal dafür sorgen, dass du etwas zu tun bekommst, was dir vielleicht ja sogar weiter helfen kann."

„Wirklich? Dich schickt der Himmel! Was hast du für mich?" Es war nicht zu überhören, wie sehr Arne auf brauchbare Hinweise hoffte.

„Zuerst einmal: Die Messe hat ganz normal stattgefunden. Allerdings soll Theresia an dem Morgen ungewöhnlich unkonzentriert gewesen sein."

„Vielleicht hat sie in der Nacht zuvor einfach schlecht geschlafen", Arne wirkte nicht sonderlich interessiert an dieser Neuigkeit. „Hast du noch etwas Besseres für mich?"

„Uh, da klingt aber jemand ungeduldig", gab Henriette leicht schnippisch zurück. „Vielleicht gefällt dir die Adresse von Heiner Lohmann, Vorsitzenden der *Lustigen Lehnsmänner,* ja besser?"

„Die *Lustigen Lehnsmänner*? Wer soll das sein, und wie sollen die mir weiter helfen?"

Henriette konnte förmlich sehen, wie Arne verständnislos und völlig verwirrt den Kopf schüttelte.

„Die *Lustigen Lehnsmänner* ist eine Mittelalter-Gruppe hier aus der Gegend. Und so wie es sich für eine ordentliche Mittelalter-Gruppe gehört, hantieren die natürlich auch mit Bögen, Äxten, Lanzen ... „

„Und Armbrüsten", diese Information schien Arne schon deutlich mehr zu interessieren.

„Ganz genau. Aber ich an deiner Stelle würde mich eigentlich nicht so sehr freuen."

„Warum nicht? Das klingt doch nach einem Punkt, an dem ich ansetzen kann."

„Ich fürchte, es werden eher sehr viele Punkte. Laut den Franz' haben die *Lustigen Lehnsmänner* eine ganze menge Mitglieder", versuchte Henriette die aufkeimende Euphorie ein wenig zu bremsen.

„Vielleicht habe ich ja auch einfach mal Glück und es gibt 20 Männer mit Äxten, 25 mit Bogen und nur einen einzigen mit einer Armbrust."

„Also wenn das der Fall sein sollte, empfehle ich dir dringend sofort einen Lottoschein auszufüllen, denn dann hast du definitiv einen Glückstag erwischt."

„Dass du aber auch immer so gemein sein musst."

Henriette grinste, dann fragte sie in sachlichem Ton: "Wie wirst du vorgehen? Wirst du zunächst anrufen, oder willst du lieber direkt zu Herrn Lohmann fahren?"

„Einfacher wäre es natürlich ihn anzurufen, nach den Inhabern von Armbrüsten zu fragen und diese dann Stück für Stück abzuarbeiten. Aber - nur mal angenommen – wenn nun ausgerechnet der Lohmann der Schütze wäre …"

„Dann wäre es besser, wenn du ihm bei deinen Nachfragen in die Augen sehen könntest."

„Du kennst mich einfach zu gut."

„Dein Onkel war schließlich genauso. Er hat immer gesagt: „In den Augen kann man die Wahrheit sehen. Egal, wie gut jemand auch lügen kann, die Augen verraten ihn immer." Daran hat er fest geglaubt."

Gut zwei Stunden später, Henriette war gerade dabei ihre Blumenbeete zu gießen, kam Arne durch ihr Gartentor geschlürft. Seine Miene verriet ihr sofort, dass er noch immer eher schlechte Laune hatte.

„Oh weh, du siehst nicht aus, als hättest du bei Lohmann viel Erfolg gehabt."

„Nein, nicht wirklich. Es gibt zwar tatsächlich einige Mitglieder, die auch Armbrüste besitzen, aber festlegen, wer genau das ist, wollte Herr Lohmann sich nicht. Außerdem gibt es anscheinend auch eine ganze Reihe von Mitgliedern, die ihre Waffen gar nicht bei sich zu Hause aufbewahren. Der Verein hat einige Räume, in denen sie ihre Zelte, Dekorationen, Kostüme , Musikinstrumente, Möbel und eben auch ihre Waffen einlagern. Und zu diesen Räumen hat dann faktisch so gut wie jedes Mitglied auch Zugang."

„Da kann wirklich einfach jeder ran?", Henriette schaute ihren Neffen ungläubig an.

„Jep! Herr Lohmann begründete das damit, dass hin und wieder einige Teilgruppen Abläufe einstudieren wollen und dann natürlich auch die passenden Waffen und Schilde brauchen, oder es müssen Kostüme repariert oder erneuert werden, die Musiker müssen proben und so weiter ...."

„Das klingt natürlich nachvollziehbar", musste Henriette eingestehen. „Und nun?", fragend blickte sie Arne an.

Der zuckte leicht resigniert mit den Schulten und ließ sich laut seufzend in einen Gartenstuhl plumpsen. „Ich weiß es nicht. Herr Lohmann hat mir zwar eine Liste mit den Lagerstätten gegeben," umständlich zog Arne einen leicht zerknitterten Zettel aus seiner Hemdtasche und legte ihn ohne weitere Beachtung auf dem Gartentisch ab, „aber ich sehe ehrlich gesagt kaum einen Sinn darin mich ausgiebiger damit zu beschäftigen. Unser Täter kann ja praktisch in jedem dieser Räume seine Waffe gefunden haben … oder er gehört doch zu den Wenigen, die ihre Waffen zu Hause lagern. Ich fürchte, diese Spur bringt uns nicht ein Stück weiter."

„Mist!", Henriette setzte sich zu ihrem Neffen an den Tisch und sah ihn mitfühlend an. „Möchtest du vielleicht etwas trinken?"

„Nein Danke. Ich denke ich fahre noch einmal im Büro vorbei. Vielleicht haben ja die Kollegen irgendetwas für mich, mit dem ich arbeiten kann."

„Was ist denn nun mit unserem Pfarrer?", fragte Henriette. „Ich dachte du bist dir sicher, dass der Erpresserbrief von Kneitel ihm gegolten hat. Sollten wir ihn diesbezüglich nicht noch einmal befragen?"

„Sicher sollten wir das. Obwohl er durch die Messe natürlich ein super Alibi für die Tatzeit hat.

Er kann unmöglich einen Gottesdienst abgehalten, und gleichzeitig dem Andreas Kneitel mit einer Armbrust auf dem Schrottplatz aufgelauert haben. Oder hast du vielleicht eine Idee, wie er das bewerkstelligen haben könnte?", neugierig blickte er seine Tante an.

„Nein, ich habe keine Idee, wie so etwas funktionieren könnte, aber wie ja bekanntlich bereits ein recht schlauer Ermittler einmal bemerkt hat: "Es gibt nichts Trügerisches, als eine offensichtliche Tatsache". Und ohne Frage ist unser Pfarrer im Moment unser Hauptverdächtiger. Oder siehst du das etwa anders?", Henriette zog die Augenbrauen hoch, lehnte sich in ihrem Stuhl zurück, verschränkte die Arme und sah ihren Neffen fragend an.

„Natürlich bleibt er ein Hauptverdächtiger. Immerhin scheint er im Moment als Einziger ein Tatmotiv zu haben. Auch wenn er ja steif und fest behauptet keine sexuelle Beziehung mit Martina Gormann gehabt zu haben und somit unmöglich der Vater von Stefan sein kann. Aber so sehr ich ich die Logik von Sherlok Holmes auch immer bewundert habe, so macht sein Lieblingsspruch in unserem Fall einfach keinen Sinn. Niemand kann an zwei Orten gleichzeitig sein" blieb Arne hartnäckig.

„Vielleicht gibt es ja doch Hin und Wieder Dinge zwischen Himmel und Erde ..."

„Jetzt werd` aber mal nicht albern! Wir sind hier doch nicht in irgendeinem Science-Fiction Roman!"

Henriette rutschte auf ihrem Stuhl nach vorne und ergriff Arnes Hände, um sie beschwichtigend zu tätscheln. „Du hast ja recht. Aber mit ihm reden solltest du trotzdem."

„Natürlich werde ich noch einmal mit ihm reden. Ich bin morgen Mittag mit ihm verabredet. Heute hat er noch seine „Gemeinderunde" und morgen Vormittag ist dann ja erst einmal wieder ein Gottesdienst. Aber danach treffen wir uns zu einem kleinen Spaziergang."

„Zu einem Spaziergang? Wieso denn das?"

„Ich erhoffe mir einfach ehrlichere Antworten, wenn das Ganze nicht so nach Verhör aussieht."

„Verstehe."

🐈Kapitel 10

Der nächste morgen begrüßte Henriette mit einem wolkenlosen, blauen Himmel, und obwohl die frühe Luft noch angenehm frisch war, deutete die bereits jetzt kräftig strahlende Sonne darauf hin, dass Kirchhausen ein weiterer heißer Sommertag bevorstand. Henriette beschloss sich heute früh nur ein Glas Orangensaft zu gönnen und dann noch vor dem Mittag und der damit sicherlich steigenden Temperatur, bei Trudi vorbeizuschauen.

Bewaffnet mit ihrem Saft, einer Nuss für Munin, der sicherlich schon gegenüber in seinem Lieblingsbaum auf sie wartete und einer halben Hosentasche voller Katzenleckerlies für Mycroft und Mrs Hudson, die beide bereits auf der Terrasse lagen, ging sie hinaus und ließ sich genüsslich in einem Gartenstuhl nieder. Kaum, dass sie sich gesetzt hatte, vernahm sie auch schon das heisere Krächzen von Munin, der zielstrebig auf den Tisch zuflog und sich mit einem eleganten, letzten Flügelschlag vor ihr niederließ.

„Wusste ich's doch", Henriette lächelte den Raben an und kraulte ihm sanft den Nacken, bevor sie ihm die Nuss hinhielt. Munin blickte Henriette aus seinen tiefen, schwarzen Knopfaugen an und Henriette hätte schwören können, dass er sie anlächelte. Doch anstatt sich die Nuss sofort zu greifen, pickte er zunächst nach einem zusammengeknüllten Stück Papier, welches am anderen Ende des Tisches lag und schob es zu Henriette.

„Willst du etwa ein Tauschgeschäft mit mir machen?", Henriette lachte und nahm den vom Morgentau feuchten Zettel in ihre freie Hand. Erst jetzt schnappte sich Munin seine Nuss, um damit anschließend wieder zu seinem Lieblingsbaum zu entschwinden.

„Verrückter Vogel", murmelte Henriette und gab den Katzen, die den Gartenstuhl die ganze Zeit unruhig abwartend links und rechts flankiert hatten, nun ebenfalls ihre Leckerlies. Erst danach fiel ihr auf, dass sie noch immer Munins Zettel in der linken Hand hielt. Lächelnd begann sie das Blatt Papier zu entfalten und zu glätten. Es war die Liste mit den Räumen, in denen die *Lustigen Lehnsmänner* ihre Sachen verstauten. Neben einigen einfachen Namen, bei denen es sich vermutlich um Vereinsmitglieder handelte, waren auch einige eher als öffentlich zu bezeichnenden Namen oder Adressen darauf. So schien ein Teil der Instrumente zum Beispiel im Keller des Gasthofs „Zum wilden Eber" eingelagert zu sein. Einem Lokal, das sich unweit von Kirchhausen an der Landstraße nach Waldenheim befand. Einige Bühnenteile hatten ihre Lagerstätte anscheinend im Bühnencontainer der ortsansässigen Theatergruppe gefunden und ein Posten der mit „diverse Kleinteile und Waffen" betitelt wurde lagerte im Gemeinderaum von St.Nikolaus …

Henriette stutzte und blickte aufgewühlt erneut auf den Zettel in ihrer Hand. Nein, sie hatte sich nicht verlesen. Da stand es, schwarz auf weiß! *Diverse Kleinteile und Waffen.* Hatte Arne das etwa übersehen? Oder glaubte er etwa, dass das nicht wichtig war?

Kleinteile und Waffen! Im Gemeinderaum der Kirche! Damit hatte der Pfarrer nicht nur ein Motiv für den Mord an Gormann und Kneitel, sondern auch noch die Möglichkeit an eine passende Waffe zu kommen. Denn Henriette hätte ihren rechten Arm verwettet, dass unter den nicht näher deklarierten Waffen auch eine Armbrust war. Eilig ging sie zu ihrem Telefon, um Arne mitzuteilen, was sie gerade entdeckt hatte. Doch sie erreichte ihn nicht. Also beschloss sie sich alleine auf den Weg zum Pfarrhaus zu machen und sich den Herrn Pfarrer zur Brust zu nehmen. Sie war nun fester denn je davon überzeugt, dass der Pfarrer Dreck am Stecken hatte. Dass ausgerechnet im Kirchenkeller mittelalterliche Waffen gelagert wurden, konnte einfach kein Zufall sein, auch wenn sie noch immer keine Idee hatte, wie der Todeszeitpunkt von Andreas Kneitel in das Bild passte …

Voller Tatendrang schnappte sie sich ihr Fahrrad und radelte los.

Keine dreißig Sekunden später quietschte Henriettes Gartentürchen und verkündete so unüberhörbar einen Besucher. Arne hatte vor wenigen Minuten einen Anruf vom Pfarrer bekommen, in dem er ihn gebeten hatte, das Treffen um zwei Stunden zu verschieben. Ihm sei leider ein dringender Notfall in der Gemeinde dazwischengekommen. Da es sich für Arne nicht gelohnt hätte zum Präsidium oder nach Hause zu fahren, hatte er beschlossen die gewonnene Freizeit mit einer gut gekühlten Limonade bei seiner Tante zu verbringen.

Ein kurzer Blick in Henriettes Haus und quer durch ihren Garten, machten ihm schnell klar, dass seine Tante nicht daheim war. Er beschloss einfach auf sie zu warten. Weit würde sie ja vermutlich nicht sein und so war er gerade dabei sich seufzend in einen der Gartenstühle fallen zu lassen, als auch schon Mycroft, der schwarze Kater seiner Tante, direkt vor seiner Nase auf den Tisch sprang.

„Na du alter Räuber", begrüßte er den Kater und wollte ihm gerade den Kopf streicheln, als dieser sich mürrisch drein blickend duckte und mit seiner linken Pfote nach einem Stück Papier angelte, dass am anderen Ende des Tisches lag. Geschickt beförderte der Kater das Papier direkt vor Arne auf den Tisch. Der dachte, dass der Kater ihn zu einem Spiel auffordern wollte, nahm den Zettel deswegen lächelnd an sich, doch anstatt ihn sich anzusehen, knüllte er ihn zu einem kleinen Bällchen zusammen. Gerade, als er den Papierball werfen wollte, sprang Mrs. Hudson, Henriettes zweite Katze unsanft auf seinen Schoß und schlug mit ihrer Pfote nach seinem Arm, sodass der Ball-Zettel direkt vor ihm auf dem Tisch, anstatt am anderen Ende des Gartens landete. Augenblicklich zog Mycroft erneut das Papier zuerst zu sich, um ihn dann - begleitet von einem lauten „Miaauu" - sofort weiter zu Arne zu schieben. Dabei starrte er ihn mit seinen tiefgründigen Augen an, als wolle er Arne hypnotisieren.

Arne zog seine Stirn in Falten, griff langsam nach dem Zettel und schaute den Kater dabei fragend an.

„Ok … was genau geht hier vor sich?", fragend blickte er erst zum Kater und dann auf das Papier in seiner Hand. Ein Vorgang, der Mrs. Hudson anscheinend zu lange dauerte, denn während Arne noch irritiert auf den Kater blickte, stupste Mrs. Hudson äußerst unsanft mit ihrem Kopf gegen seine Brust und miaute nun ebenfalls.

„Okay, okay. Also wenn ich jetzt nicht alle mein polizeilichen Fähigkeiten verloren habe, würde ich mal schätzen, dass ich mir irgendetwas an diesem Stück Papier ansehen soll. Richtig?"

Arne hätte schwören können, dass sich beide Katzen auf der Stelle entspannten und ihn aufmunternd und zufrieden aus ihren funkelnden Augen anschauten. „Toll, ich rede nicht nur mit den Katzen meiner Tante – nein – ich frage sie auch, was ich machen soll." Stöhnend begann Arne den Zettel auseinander zu falten und stutzte. Das war der Zettel mit den Adressen der *Lustigen Lehnsmänner*. Anscheinend hatte er den gestern hier liegen gelassen. Warum um alles in der Welt wollten die Katzen, dass er sich diesen Zettel ansah? „Ich kenne diesen Zettel", sagte er deswegen auch laut zu den Katzen und ignorierte dabei für sich selbst, dass er nun ganz offiziell ein Gespräch mit vierpfötigen Fellträgern führte. Als Antwort bekam er einen weiteren, starren Blick aus Mrs. Hudsons tief grünen Augen und ein ganz und gar nicht freundlich klingendes „Mau!" von Mycroft.

Also wandte er seinen Blick erneut auf das Papier und las ihn Reihe für Reihe sorgfältig durch.

Ungefähr in der Mitte runzelte er die Stirn und sein Blick verriet, dass ihm so eben aufgefallen war, was vermutlich auch seiner Tante aufgefallen war. Denn dass sie diesen Zettel gelesen hatte, da war sich Arne nun ganz sicher. Und genauso sicher war er sich nun auch, dass er damit wusste, wo seine Tante war. Kleine Schweißtropfen bildeten sich auf seiner Stirn und sein Herz begann augenblicklich zu rasen.

„Verdammt Henni!", brach es aus ihm heraus während er gleichzeitig wie von der berühmten Tarantel gestochen aus seinem Stuhl aufsprang. „Danke!", schrie er den beiden Katzen noch zu, dann war er auch schon durch das Gartentürchen verschwunden und in einem ziemlich flotten Dauerlauf unterwegs zum Pfarrhaus. Dabei rasten ihm die immer selben Gedanken im Kopf umher. „Hoffentlich geht es Henni gut … was, wenn der Gemeindenotfall des Pfarrers die Beseitigung seiner viel zu schlauen Tante beinhaltete … was, wenn er zu spät kam …?"

🐱Kapitel 11

Henriette hatte ihr Rad gerade vor dem Pfarrhaus geparkt und klopfte nun energisch an die Tür.

„Wo ist der Pfarrer", bestürmte sie Theresia, kaum, dass diese ihr die Tür geöffnet hatte.

„Nicht hier. Ist etwas passiert? Du bist ja völlig aufgelöst", fragend blickte Theresia Henriette an.

„Der Pfarrer hat den Kneitel erschossen!"; platzte es völlig unverblümt aus Henriette heraus. Misstrauisch schaute Theresia Henriette aus ihren mausgrauen Augen an.

„Willst du nicht lieber hereinkommen und mir in aller Ruhe erzählen, was passiert ist?"

„Ja, natürlich. Du hast recht, das sind Dinge, die man nicht auf der Straße besprechen sollte",fahrig wischte sich Henriette die Haare aus der Stirn und folgte Theresia in die Küche. Diese drückte Henriette sanft aber bestimmt auf einen Stuhl, bevor sie einen Teekessel mit Wasser auf den Herd stellte und sich Henriette gegenüber setzte.

„Jetzt trinken wir erst einmal einen Tee und dabei kannst du mir dann ganz entspannt erzählen, was los ist. Was soll der Pfarrer gemacht haben?"

Theresias Tonfall machte eindeutig klar, dass sie sehr wohl verstanden hatte, was Henriette über den Pfarrer und den toten Kneitel gesagt hatte, und dass sie so eine Aussage auf keinen Fall akzeptieren würde. Natürlich war Henriette schon während ihrer Fahrt zum Pfarrhaus klar gewesen, dass ihr so einfach niemand glauben würde. Immerhin beschuldigte sie den Pfarrer - also faktisch eine heilige Institution – einen Mord begangen zu haben! Aber sie war nicht hierhergekommen, um sich mit einer Tasse Tee und einem Kopfschütteln abspeisen zu lassen. Also startete sie zunächst mit einigen Fragen.

„Stimmt es, dass ihr im Gemeinderaum Waffen und andere Requisiten von den *Lustigen Lehnsmännern* eingelagert habt?", begann sie daher möglichst ruhig und unverfänglich.

„Ja, das stimmt." Aufmerksam beobachtete Theresia Henriette, die dem beinahe schon lauerndem Blick von Theresia jedoch problemlos stand hielt. Wie gesagt: Henriette war klar, dass ein einfacher Verdacht bei Theresia überhaupt nichts bewirken würde. Dafür verehrte sie den Herrn Pfarrer viel zu sehr.

„Es wäre also doch sicherlich sehr gut möglich, dass der Herr Pfarrer sich dort eine Armbrust … sagen wir mal *geliehen* hat … „

„Also Henriette, wenn du allen Ernstes behaupten willst, dass mein, also ich meine, dass unser Herr Pfarrer etwas mit dem Tod von Andreas Kneitel zu tun hat …", voller Entrüstung sprang Theresia auf, griff nach dem Wasserkessel, welchen sie sogleich mit viel zu viel Schwung unsanft in die Spüle stellte.

„Scheint, als wäre ihr die Lust auf eine Tasse Tee vergangen", dachte Henriette, bevor sie unbeirrt fortfuhr. „Ich weiß nur zu gut, wie sehr du den Herrn Pfarrer schätzt, aber nur weil er ein Mann Gottes ist ..."

Weiter kam sie nicht. Mit einer Geschwindigkeit, die sie Theresia kaum zugetraut hätte stand diese auch schon am Küchentisch und baute sich breit vor Henriette auf.

„Wag` es ja nicht, auch nur noch eine weitere Andeutung zu machen ..."

„Theresia, bitte. Jetzt sei doch vernünftig und lass mich wenigstens ausreden."

„Ausreden? Ich brauche dich nicht ausreden zu lassen!", schrie sie Henriette jetzt förmlich an. „Du hast doch keinen Funken Ehrfurcht in dir! So lange ich dich kenne warst du höchstens ein dutzend Mal in der Kirche. Unser Herr Pfarrer opfert sich jeden Tag für Gott und für die Gemeinde auf und jetzt kommst du einfach so daher und willst ihm mit deinen dreckigen Anschuldigungen schaden! Nein Henriette, oh nein, das werde ich ganz sicher nicht zulassen!" Theresia war mittlerweile völlig außer sich. Ihr ganzer Körper bebte vor Erregung und ihre grauen Augen glühten förmlich vor Hass. Alles an ihr war auf Angriff eingestellt.

„Puh, das wird noch schwieriger, als ich befürchtet hatte", dachte Henriette, bevor sie ein weiteres Mal versuchte zu Theresia durchzudringen und ihr von ihrem Verdacht zu erzählen.

„Theresia, bitte. Lass mich doch wenigstens erklären ...", versuchte Henriette es erneut, doch es war sinnlos. Theresia schüttelte ihren vor Zorn geröteten Kopf und schrie Henriette an: „Halt endlich deinen dreckigen Mund! Ich weiß ganz genau, was du mir erzählen willst! Du willst mir sagen, dass der Pfarrer sich eine Armbrust genommen und damit Andreas Kneitel erschossen hat, weil der gedroht hat allen im Dorf zu erzählen, dass der Herr Pfarrer ein uneheliches Kind hat!"

„Du weißt von dem Sohn?", verwundert blickte Henriette Theresia an.

„Natürlich weiß ich von dem Sohn! Ich weiß alles, was mit dem Herrn Pfarrer zu tun hat!", schnauzte sie Henriette an, wobei ihr einige Speicheltropfen aus dem Mund flogen.

Nachdenklich sank Henriette ein wenig in sich zusammen. Sie hätte wissen müssen, dass Theresia ihre Nase in alles steckte, was in diesem Haus passierte.

„Hör mal, ich weiß ja, wie sehr du den Herrn Pfarrer verehrst, aber auch die Besten Menschen können manchmal in Situationen geraten ..." Weiter kam sie sie nicht.

„Ich werde verhindern, dass du weiter so abscheuliche Dinge über den Herrn Pfarrer sagen kannst. Niemand darf abscheuliche Dinge über den Herrn Pfarrer sagen! Hörst du!?", schrie sie Henriette nun laut entgegen und wedelte dabei plötzlich mit einem Messer vor Henriettes Nase herum.

„Theresia! Meine Güte! Bist du von allen guten Geistern verlassen? Was soll das Theater mit dem Messer?", Henriette war sich sicher, dass Theresia nicht wirklich mit einem Messer auf sie losgehen würde. Immerhin kannte sie diese Frau bereits ihr ganzes Leben. Theresia war im Grunde immer die Sanftmut in Person. So außer sich, wie in diesem Moment hatte sie sie noch nie erlebt. Die Sache mit dem Pfarrer und seinem vermeintlichen Sohn schien sie komplett aus der Fassung zu bringen. „Kein Wunder", dachte Henriette. Ihr ganzes Leben hatte sie diesem Mann und seinem Gotteswerk gewidmet. Ein Werk, dass ein Kind erheblich ins Wanken, ja wenn nicht sogar zum Einsturz bringen konnte. Dennoch fand sie Theresias Verhalten völlig übertrieben. Auch ihr musste doch klar sein, dass man einen Mörder nicht decken konnte. Gottesmann hin oder her.

„Mir ist egal, wie sehr du den Herrn Pfarrer schätzt", fuhr sie deswegen auch unbeirrt fort. „Er ist dringend tatverdächtig! Er hat ein Motiv und dank der eingelagerten Dinge von den *Lustigen Lehnsmännern* auch die passende Waffe im Haus." Trotzig blickte sie Theresia an.

„Dringend tatverdächtig", äffte Theresia sie nur nach und schwang das Messer in ihrer Hand dabei munter weiter in der Luft umher. „Der Herr Pfarrer ist die Unschuld in Person. Er hat niemanden etwas getan."

„Das werden wir ja ja dann noch sehen. Ich bin mir sicher, dass die Polizei das Ganze problemlos aufklären kann."

„Püh, die Polizei. Du meinst wohl eher deinen geschniegelten und ach so schlauen Neffen."

Henriette zuckte mit den Schultern. Sie hatte Theresia noch nie wirklich verstanden und diese Diskussion hier wurde ihr langsam wirklich zu dumm.

„Weißt du was, du sagst mit jetzt einfach, wo der Herr Pfarrer ist und dann ist die Sache mit uns beiden auch schon erledigt."

„Mit uns ist gar nichts erledigt. Du begreifst es einfach nicht, oder? Dabei tust du doch immer sooo gescheit", übertrieben auffällig zog Theresia ihre Augenbrauen nach oben, machte extrem große Augen und formte mit ihrem Mund ein dümmliches O. Henriette grinste. Natürlich wusste sie, wie unpassend dieser Moment für ein Grinsen war, aber wie Theresia so vor ihr stand, erinnerte sie sie unweigerlich an eine ziemlich schlechte Kopie von Edvard Munchs *Der Schrei*.

„Grins` nicht auch noch so blöd!" schrie sie Theresia plötzlich und riss Henriette so aus ihren Gedanken.

Henriette verlor langsam die Geduld. Sie war schließlich nicht hierhergekommen, um sich mit Theresia über die Ehrwürdigkeit des Pfarrers zu streiten, sondern um einen Mörder zu überführen. „Wo steckt der Pfarrer? Wiederholte sie deswegen erneut ihre Ausgangsfrage und ihr war die Ungeduld dabei deutlich anzuhören.

Arne war sein mehr minütiger Lauf nicht im geringsten anzumerken. Lediglich die Schweißperlen auf seiner Stirn hatten sich geringfügig vermehrt. Das lag aber nur an den Sorgen, die er sich wegen seiner Tante machte. Vor dem Pfarrhaus angekommen fiel ihm sofort das an den Infokasten der Gemeinde angelehnte Fahrrad seiner Tante auf. Er hatte also recht gehabt und seine Tante war tatsächlich auf eigene Faust zum Pfarrer gefahren. Man konnte diese Frau wirklich nicht eine Sekunde alleine lassen!

Gerade wollte er an der Eingangstür klopfen, als ihm eine andere Idee kam. Vorsichtig lugte er durch ein kleines Fenster, das neben der Eingangstür war und keine Gardine oder ähnliches besaß. Vermutlich sollte es dazu dienen, zu sehen, wer da vor der Tür stand. Nun diente es jedoch Arne, der so einen ungehinderten Blick in das Innere des Hauses werfen konnte. Und das, was er da sah war … nichts.

„Mist!", entfuhr es ihm, bevor er sich geduckt an das nächste Fenster schlich. Hier wurde sein Blick erheblich durch eine dicke Gardine beeinträchtigt. Lediglich ein schmaler Schlitz in der Mitte des

Fensters blieb ihm, um einen Blick hinein zu riskieren. Das Fenster gehörte offensichtlich zu der Küche, in der er und Henni vor wenigen Tagen das erste Mal mit dem Pfarrer geredet hatten.

Im Halbdunkel des Raumes sah er seine Tante stehen. „Gott sei Dank", dachte er, „es geht ihr gut". Doch er hatte diesen Gedanken noch nicht wirklich zu Ende gedacht, als ihm eine Hand auffiel, die eindeutig mit einem Messer vor seiner Tante herum wedelte. „Noch mehr Mist", flüsterte er und dachte einen Moment lang nach, bevor er ein paar Meter weiter schlich, behände über den kleinen Jägerzaun kletterte, der den Garten des Pfarrhauses von der Straße trennte, um so problemlos zur Hintertür des Hauses zu gelangen. Bei seinem kurzen Aufenthalt in der Pfarrersküche, war ihm aufgefallen, dass es neben der Tür, die vom Flur in die Küche führte auch noch eine Tür aus der Küche heraus in den kleinen Garten gab. Und genau vor dieser Tür stand er nun, legte sein Ohr an das Holz und lauschte angestrengt. „Wo steckt der Pfarrer?", konnte er seine Tante gedämpft aber dennoch deutlich durch das dicke Holz der Tür hören und registrierte dabei auch, dass da kein Funken Angst oder Panik in ihrer Stimme war. Anscheinend beeindruckte sie das Messer vor ihrer Nase nicht im Geringsten. Aber warum nicht? Wem gehörte diese Hand und weswegen hatte Henni keine Angst? ..."

„Ich werde dir jetzt mal erzählen, wie es wirklich ist", vernahm er nun die andere Stimme, doch die Holztür ließ die Stimme irgendwie dumpf erscheinen und so war er sich nicht wirklich sicher, mit wem seine Tante da in der Küche debattierte.

„Ich habe mich um diese leidvolle Angelegenheit gekümmert."

„Du?", ungläubig starre Henriette Theresia an. Das konnte einfach nicht wahr sein. Theresia war nett und unauffällig.

„Ja, da staunst du was? Ich, die kleine graue Maus."

„Aber wie? Und warum?"

„Warum? Weil der Pfarrer das nicht verdient hat. Erst kommt da dieser Kerl und behauptet sein Sohn zu sein. Sein Sohn! Als ob der Pfarrer sich so leicht zur Sünde verführen lassen würde! Und dann wagt es dieser Kneitel auch noch, den Herrn Pfarrer zu erpressen! Dieser Nichtsnutz! Anstatt sich einmal in seinem Leben um einen vernünftigen Job zu kümmern, droht er unserem Herrn Pfarrer und fordert 10.000 Euro von ihm. Das konnte ich unmöglich zulassen. Das musst du doch verstehen. Das alles hier stand doch plötzlich auf dem Spiel!"

„Du hattest Angst, dass der Pfarrer seine Gemeinde verliert." Ganz allmählich dämmerte es Henriette. Die Angst um ihre geordnetes Leben hatte Theresia zum Äußersten getrieben. Hatte aus der grauen Maus eine Rache-Furie gemacht.

„Der arme Mann hat ja nicht einmal gewusst, dass der Kneitel ihn erpressen wollte." Fuhr Theresia unbeirrt fort. „Ich habe diesen bösartigen Erpresserbrief gefunden und für mich behalten. Mir war sofort klar, dass ich mich um diese Angelegenheit kümmern musste. Der Herr Pfarrer wäre doch mit so einer Situation völlig überfordert gewesen."

„Also hast du den Kneitel mal eben einfach so erschossen?" So ganz wollte Henriette das noch immer nicht glauben.

„Einfach so ging das natürlich nicht. Erst einmal musste ich ja herausfinden, wer dem Pfarrer diesen Brief geschickt hatte, also bin ich zu dem angegeben Treffpunkt gegangen und hab mich dort versteckt. Als klar war, dass der Brief vom Kneitel stammte, hab ich gewusst, dass der nicht aufgeben würde, wenn man mit ihm reden würde. So ein Typ lässt sich nicht mit Worten überzeugen. Also blieb mir leider nichts anderes übrig, als das Problem auf andere Weise zu lösen."

Henriette musste Schlucken. Den eiskalten Mord an einem Menschen einfach so als *Problemlösung* zu bezeichnen ließ ihr einen Schauer den Nacken hinunter laufen.

„Ehrlich gesagt kam mir ein Zufall zur Hilfe. Fast könnte man meinen der Herrgott persönlich wollte mir helfen." Ein seltsam irres Glänzen trat in Theresias Augen.

Henriette konnte kaum glauben, was sie da hörte. Hatte Theresia denn völlig den Verstand verloren? Gott hatte ihr bei einem Mord geholfen? Das konnte sie doch unmöglich wirklich glauben. Hier hatte doch Eine nicht mehr alle Schrauben an der richtigen Stelle.

„Ich wollte eigentlich nur unsere Frühstücksbrötchen beim Bäcker holen. So wie jeden Morgen. Und da stand er doch tatsächlich vor mir in der Schlange, der elende Verräter! Er erzählte munter von seinen Plänen und so erfuhr ich, dass er später zum Schrottplatz wollte. Also dankte ich unserem Herrn mit einem kurzen Stoßgebet und kümmerte mich um alles Weitere."

„Du kümmertest dich um alles Weitere …" Henriette schüttelte ungläubig ihren Kopf. Das musste ein böser Traum sein!

„Ich hab mir die Armbrust zurecht gelegt und den Ablauf der Messe … na sagen wir einfach meinen Bedürfnissen ein wenig angepasst. Ich habe Francesco einfach gebeten ein besonders schönes Orgelintro zum Besten zu geben.", sie lächelte zufrieden.

Henriette erinnerte sich, dass ihr Eva Berg erzählt hatte, dass ein paar Kleinigkeiten bei dieser Messe anders gewesen waren. Das es ein auffällig langes Orgelstück gegeben hätte, und dass nicht nur der Pfarrer irgendwie fahrig gewirkt hatte, sondern auch Theresia. "

„Wieso weißt du, wie man mit einer Armbrust umgeht", war seltsamerweise das Einzige, was Henriette dazu einfiel.

„Weil ich seit Jahren den *Lustigen Lehnsmännern* bei ihren Veranstaltungen helfe? Ich bin im übrigen auch sehr gut im Bogenschießen, aber leider ist bei uns im Moment kein guter Bogen eingelagert ..."

„Wirklich schade", rutschte es Henriette völlig unpassend heraus, doch Theresia fand diesen Ausspruch entweder gar nicht so unpassend, oder sie ignorierte ihn einfach, denn völlig unbeirrt redete sie weiter und bemerkte dabei genauso wenig, wie Henriette, dass der Pfarrer bereits seit einigen Sätzen im Flur gestanden hatte und nun mit schockgeweiteten Augen in die Küche trat. Erst als ihm ein::

„Theresia! Was in aller Herrgotts Namen reden sie denn da?", entfuhr, bemerkten Theresia und Henriette ihn.

„Herr Pfarrer", leicht irritiert ob der Störung sah Theresia erst zum Pfarrer, dann zurück zu Henriette. Das Messer hatte sie dabei noch immer dicht vor Henriettes Hals platziert.

Arne, der natürlich auch von seinem Lauschposten aus mitbekommen hatte, dass sich nun auch der Pfarrer in der Küche befand, nutzte den Moment der Ablenkung, um die Küchentür ein gutes Stück zu öffnen und konnte so das erste Mal einen richtigen Blick auf die Szenerie erhaschen. In der Mitte der Küche sah er seine erstaunlich ruhige Tante. Vor ihr stand deutlich weniger ruhig Theresia Hein mit dem Messer in der Hand und hinter den Beiden ein komplett aufgelöster Pfarrer, der irgendwo zwischen Schockstarre und Ohnmacht zu verharren schien.

„Was machen Sie denn schon hier?"; wimmerte Theresia nun beinahe und man konnte deutlich sehen, dass sie das Erscheinen des Pfarrers mächtig aus der Bahn zu werfen drohte. Ein Umstand, der Arne überhaupt nicht gefiel. Menschen, die unsicher waren machten schnell auch ungeplante Dinge, reagierten sprunghaft und in Panik.

„Legen Sie das Messer weg, um Himmels Willen", forderte der Pfarrer seine Haushälterin auf und machte dabei vorsichtig einen Schritt auf Theresia zu.

„Bleiben Sie weg!", schrie diese nur. „Sie sollten doch von all dem gar nichts wissen! Ich hab mich doch extra um alles gekümmert!", fauchte sie den Pfarrer nun mit einer Mischung aus Zorn und Verzweiflung an und ihre Augen funkelten dabei vor Wut. Das Messer schwankte dabei wild mal in Richtung des Pfarrers und dann zurück zu Henriette.

„Sie haben sich gekümmert? Sind sie von allen guten Geistern verlassen? Solche Dinge regelt man besonnen und friedlich! Und vor allem regelt man so etwas persönlich! Ich hatte vor mit Andreas Kneitel zu reden. In Ruhe. Ich wollte ihm erklären, dass Stefan Gormann nicht mein Sohn sein konnte", empörte sich der Pfarrer.

„Sie wussten, dass Kneitel Sie erpressen wollte? Aber woher?", irritiert blickte Theresia den Pfarrer an.

„Weil mir schon kurz nach diesem seltsamen Anruf eingefallen ist, wem die Stimme gehörte. Immerhin bin ich seit ewigen Zeiten Pfarrer dieser Gemeinde und kenne meine Schäfchen sehr gut."

Völlig verwirrt starrte Theresia vom Pfarrer zu Henriette und wieder zurück. Dabei fuchtelte sie noch immer mit dem Messer hin und her.

Das war genug! Mit einem Sprung, der jeden Superhelden vor Neid hätte erblassen lassen, stürzte er sich in das Geschehen. Mit gestrecktem Bein voraus, trat er Theresia das Messer aus der Hand, drehte sich noch vor seiner Landung halb um die eigene Achse und riss Theresia dabei unsanft zu Boden. Dort rollte er sich auf sie, griff sich ihre Arme, die er anschließend ohne Gegenwehr in Sekundenschnelle routiniert fixiert hatte.

„Arne!" rief Henriette völlig erstaunt aus. „Was machst du denn hier?"

„Ehrlich Tante Henni? Du fragst mich allen Ernstes, was ich hier mache?", ungläubig blickte er seine Tante vom Boden aus an. „Ich dachte mir, ach, das Wetter ist so nett, spazierst du doch mal eine Runde durch Kirchhausen und schaust, was so los ist ..."

„Ironie war noch nie deine Stärke", bemerkte Henriette nur kurz, bevor sie ihr Telefon aus ihrer Hosentasche zog und Verstärkung für ihren Neffen orderte.

Kapitel 12

Am nächsten Nachmittag saßen Henriette und Arne bei einer Tasse Tee und einem großen Stück Erdbeertorte in Trudis Café. Sie hatten beide gerade das zweite Stück Torte in den Mund geschoben, als sich Trudi mit vor Aufregung geröteten Wangen zu ihnen setzte.

„So, nun mal Schluss mit der Mampferei! Ich will alles und zwar wirklich ALLES haarklein und präzise von euch hören. Was um alles in der Welt war denn da gestern bitte im Pfarrhaus los? Und stimmt es wirklich, dass die Hein durchgedreht ist und den Fremden und den Kneitel um gebracht hat?", sprudelte es aufgeregt aus Trudi heraus.

Genüsslich schob sich Henriette ein weiteres Stück Erdbeertorte in den Mund und blickte demonstrativ schweigend zu ihrem Neffen. Der konnte sich zunächst ein Grinsen nicht verkneifen, nickte seiner Tante dann aber aufmunternd zu. Früher oder später würde eh der ganze Ort die Geschichte kennen.

„Ja", begann Henriette ihren Bericht, "Theresia Hein ist für die Todesfälle verantwortlich."

„Wahnsinn!", war das Einzige, was Trudi über die Lippen kam. Ungläubig starrte sie Henriette an und schüttelte dabei ihre – heute zu üppigen Locken frisierte – Haarpracht.

„Allerdings", stimmte Henriette ihr zu.

„Aber wie? Und warum?" Unruhig rutschte Trudi auf ihren Stuhl nach Vorne, um so noch näher an Henriettes Lippen hängen zu können.

„Theresia wollte ihren verehrten Herrn Pfarrer beschützen. Und vor allem wollte sie, dass sich nichts in ihrem Leben ändert."

„Aber was hat der Kneitel ihr oder dem Pfarrer denn getan?"

„Er wollte den Pfarrer erpressen."

„Erpressen, aber womit denn?"

„Damit, dass er zu wissen glaubte, dass der tote Fremde sein unehelicher Sohn gewesen sei", fasste Henriette mehrere Aspekte der Geschichte kurz und knapp zusammen. Zu kurz, wie sie an Trudis fragendem Blick augenblicklich erkannte.

„Sohn? Der Pfarrer soll ein Kind gehabt haben? Aber ..." Trudi war sichtlich irritiert und so holte Henriette ein wenig weiter aus. Sie berichtete von dem Treffen des Pfarrers mit dem Fremden, in dem dieser behauptet hatte sein Sohn zu sein. Berichtete von Martina Gormann, den Fotos und schließlich eben auch von dem Erpresserbrief, der - bekanntermaßen – je nie beim Pfarrer gelandet war und schloss mit ihrem Treffen mit Theresia am gestrigen Abend, bei dem Theresia ihr alles über den Mord an Andreas Kneitel erzählt hatte. Wie dicht sie dabei immer wieder mit einem Messer vor Henriettes Gesicht herum gefummelt hatte, erwähnte sie allerdings nicht.

„Diese bekloppte alte Frau hat allen Ernstes den Kneitel mit der Armbrust kalt gemacht und dabei auch noch geglaubt, sie tue Gotteswerk?" Trudi war anzuhören, dass sie das alles nicht glauben konnte.

„Oh ja, das hat sie", gab Henriette nur kurz zurück. Auch sie war sich sicher, dass der Geisteszustand von Theresia als eher fragwürdig zu bezeichnen war, wollte sich öffentlich allerdings nicht wirklich dazu äußern. Wer wusste schon, zu was ein Mensch getrieben werden konnte und warum. Henriette war sich sicher, dass das Gericht das besser beurteilen konnte. Klar, für sich selbst hatte sie Theresia unter komplett durchgedreht abgeheftet, aber ein ganz kleiner Funken in ihr empfand auch so etwas wie Mitleid. Das Auftauchen von Stefan Gormann hatte innerhalb von Minuten ihr ganzes Leben ins Wanken gebracht und die Erpressung durch Andreas Kneitel drohte sogar es komplett zu zerstören.

„Aber war sie denn nicht zur Tatzeit in der Kirche?", stutzte Trudi und sah ihre Freundin fragend an.

„Ja und nein. Theresia war wie immer vor dem Einlass vor der Kirche. Da haben sie die Kirchgänger also gesehen, während des Orgelspiels und den ersten Worten des Pfarrers war sie allerdings schon mit dem Rad auf dem Weg zum Schrotthandel. Sie ist eine fleißige Radfahrerin und so war das zeitlich kein Problem. Und dann hatte sie auch noch Glück, weil der Kneitel ihr sofort praktisch vor die Armbrust gelaufen ist. So war das Ganze schnell erledigt. Übrigens eine Tatsache, die sie auch als göttliches Zeichen interpretiert hat." Henriette verdrehte die Augen.

„Schön, sie hat also den armen Andreas abgeknallt, weil der ihren heißgeliebten Pfarrer erpresst hat ..."

„Vor Allem hat sie ihn - wie du so schön sagst - *abgeknallt*, weil sie Angst hatte er könnte im Ort herum erzählen, dass der Pfarrer ein uneheliches Kind hatte.", unterbrach sie Henriette. „Und Besonders tragisch hierbei ist, dass Andreas Kneitel noch leben könnte, wenn er nur eine Stunde später zum Schrotthandel gegangen wäre", fuhr sie fort.

„Wieso das?", fragte Trudi neugierig.

„Weil der Pfarrer an dem Tag auch deswegen so unkonzentriert beim Gottesdienst war, weil er noch vor Beginn bei Andreas Kneitel zu Hause war, um mit ihm zu reden. Aber wie wir ja nur zu gut wissen, war der nicht da, sondern bereits auf dem Weg zum Schrotthandel."

„Schon krass", gab Trudi zu, aber ihre Neugier war noch lange nicht gestillt. „Und was ist nun mit dem Fremden, wie hieß er doch gleich?" fragend blickte Trudi zu Arne.

„Stefan Gormann."

„Richtig, Stefan Gormann. Also was genau ist denn nun mit dem passiert? Ist er unglücklich in den blöden Brunnen geknallt oder hat Theresia ihn etwa auch abgemurkst?" Dieses Mal ging ihr fragender Blick wieder zu Henriette.

„Deine Ausdrucksweise ist heute mal wieder äußerst delikat", warf diese ihrer Freundin mit gerunzelter Stirn entgegen.

„Seit wann stört dich, wie ich rede?", konterte Trudi, ohne jedoch wirklich eine Antwort zu erwarten. Stattdessen blickte sie Henriette einfach nur auffordernd grinsend an. Sie wusste, dass Henriette es nicht böse meinte, sondern es vermutlich eher amüsant fand. Zumal ihre Freundin auch nie ein Blatt vor den Mund nahm und hin und wieder selbst ganz gerne stilistische Klopse heraus haute.

„Der Tod von Stefan Gormann war wohl eher eine Körperverletzung mit Todesfolge, oder so etwas Ähnliches, schätze ich", beantwortete Henriette schließlich die Frage ihrer Freundin und fügte dann noch ausführend hinzu, wie Theresia natürlich das Gespräch zwischen Pfarrer und vermeintlichen Sohn belauscht hatte, wie sie Stefan Gormann anschließend hinterher gegangen war, um ihm zu sagen, dass er verschwinden und ja nie wieder behaupten solle, er sei der Sohn des Pfarrers. Wie dieser sie daraufhin nur belächelt hatte und ihr gesagt hatte, dass sie das Ganze ja wohl nicht das Geringste anginge, bevor er sich schließlich zum Gehen gewandt hatte.

„Alles schön und gut, aber wie ist der Fremde denn nun gestorben?", unterbrach Trudi Henriettes Erzählung. Anscheinend kam ihr Henriette nicht schnell genug zum Kern der Geschichte.

„Er ist nach einem Schlag auf den Hinterkopf bewusstlos in den Brunnen gefallen und dann dort ertrunken", servierte Henriette ihrer Freundin nun einfach nur pure Fakten. Aber das schien Trudi auch nicht recht zu sein.

„Ist das alles, was du dazu zu sagen hast?", wollte sie deswegen auch augenblicklich wissen.

„Du wolltest doch die schnelle Fakten-Version", gab Henriette schmunzelnd zurück. Sie kannte Trudi viel zu gut, um nicht zu wissen, dass dieser kurze Satz ihr absolut nicht genügen würde.

„Witzig Henriette."

„Also gut. Als Gormann sich einfach so weggedreht hatte, hat Theresia wohl Panik bekommen. Sie konnte diesen Mann nicht einfach so gehen lassen. Das Ansehen des Pfarrers stand auf dem Spiel und damit irgendwie ja auch ihr eigenes. Sie hat nach im gerufen, doch er hat nicht reagiert. Da hat sie nach einem Stück Holz gegriffen, das auf dem Boden lag, ist im hinterher und hat ihm damit eins übergebraten."

„Übergebraten ist jetzt aber auch nicht gerade die feinste Ausdrucksweise", lachte Trudi nun kurz auf, doch dann schien ihr aufzufallen, dass das irgendwie unpassend war. Schnell schob sie sich verlegen die Hand vor den Mund. „T'schuldigung. Und weiter?"

„Gormann ist wohl noch kurz weiter gewankt und dann kopfüber in den Brunnen gefallen."

„Und da hat er noch gelebt?"

„So wie es aussieht wohl ja."

„Dann hätte Theresia ihn noch retten können?"

„Vermutlich schon. Aber in dem Moment hat sie wohl Bammel bekommen und ist samt der Holzlatte einfach schnell zurück zum Pfarrhaus."

„Wahnsinn", sinnierte Trudi. „Und die Holzleiste?"

„Hat sie einfach in den Korb für das Brennholz geworfen. Was prinzipiell schlau wäre, wenn Winter wäre. So aber hat die Spurensicherung das gute Stück gestern einfach mitnehmen können."

Einen kurzen Moment schwiegen alle, dann seufzte Trudi und sagte: „Irgendwie ist das Ganze schon sehr tragisch. Da erfährt der Pfarrer nach so vielen Jahren, dass er einen Sohn hat, und dann ist der tot, bevor er ihn überhaupt kennenlernen konnte."

„Stefan Gormann war nicht sein Sohn", platzte es nun aus Arne heraus.

„Was?!", riefen Henriette und Trudi augenblicklich im Chor.

„Wie haben DNA Proben genommen. Die Ergebnisse lagen heute früh auf meinem Tisch. Die beiden sind ... oder besser waren nicht miteinander verwandt."

„Und das ist ganz sicher?", fragte Henriette und sah Arne dabei leicht ungläubig an.

„Absolut sicher." Arne nickte.

„Aber wieso hat Stefan Gormann das dann behauptet?", fragte Trudi nun und ihr Blick verriet, dass sie absolut keinen Sinn darin sah, einem völlig Fremden zu unterstellen, er sei sein Vater.

„Das, liebe Trudi, werden wir vermutlich nie erfahren", übernahm Henriette die Antwort. „Sowohl Stefan, als auch seine Mutter sind tot. Weitere Verwandte scheint es nicht zu geben … also wird die Frage nach dem *Warum* wohl nie gelöst werden."

„Da hast du recht", stimmte Arne seiner Tante nickend zu. „Allerdings bin ich der festen Überzeugung, dass Stefan wirklich geglaubt hat, dass euer Pfarrer sein Vater ist. Allerdings habe ich nicht die leiseste Ahnung, warum ihn seine Mutter diesbezüglich angelogen hat."

„Vielleicht ist der wirkliche Vater eine unheimlich berühmte Persönlichkeit ...", spekulierte Trudi und ihre Augen bekamen bei der Vorstellung an eine Affäre mit einem heißen Rockstar einen glasigen Glanz.

„Der unbekannte deutlich ältere Mann, von dem uns Eva Berg erzählt hat. Der Mann, mit dem sich Manuela damals angeblich heimlich getroffen hat, bevor sie so plötzlich verschwunden ist", murmelte Henriette.

Arne nickte.

„Das könnte sein. Immerhin sollte schon damals offensichtlich niemand erfahren, mit wem sie sich traf."

„Eine heimlich Affäre, die dazu auch noch so tragisch geendet hat … nach so vielen Jahren …"Trudi seufzte erneut und Henriette konnte förmlich sehen, wie sich vor Trudis geistigem Auge ein wahrer Groschenroman abspielte. „Komm jetzt aber bitte nicht auf die Idee demnächst alle älteren Männer in Kirchhausen nach Ähnlichkeiten mit Stefan Gorann abzuchecken", forderte Henriette und sah ihre Freundin dabei streng an.

„Püh … du bist immer so eine Spielverderberin. Stell dir doch mal vor, wie aufregend es wäre, wenn wir den heimlichen Vater finden würden."

„Wozu? Alle Beteiligten sind tot", erinnerte Henriette ihre Freundin.

„Spannend wäre es trotzdem", erwiderte Trudi und zog dabei einen Schmollmund."

"Lass es einfach, okay?"

„Ja ja … keine verdeckte Suche, versprochen."

„Was ist nun eigentlich mit Murat", wechselte Trudi das Thema. „Der muss doch jetzt von allen Verdächtigungen frei sein, oder?"

„Sogar doppelt", antwortete Arne und man sah ihm an, dass ihn das sehr erleichterte. „Zum Einen haben wir ja jetzt mit Theresia Hein die Täterin, und zum Anderen hat sich auch endlich dieser

Kellner aus der Pizzeria bei mir gemeldet und Murats Aussage Wort für Wort bestätigt."

„Das ist super", freute sich Trudi überschwänglich. „Wir sollten unbedingt zu Murat gehen und ihm die gute Nachricht persönlich überbringen."

„Glaubst du nicht, dass unser Buschfunk längst dafür gesorgt hat, dass jeder im Ort – also auch Murat – längst weiß, dass Theresia für die Morde verantwortlich ist?", gab Henriette zu bedenken.

„Ach was, das ist doch egal. Ich bin mir sicher Murat freut sich trotzdem, wenn er das von uns persönlich hört."

„Du willst doch nur wieder irgendeine türkische Leckerei naschen gehen", feixte Henriette.

„Vielleicht", gab Trudi kleinlaut zu. „Trotzdem finde ich, dass es der Anstand gebührt, dass wir persönlich zu ihm gehen. Punkt." Damit war die Diskussion für Trudi beendet und ein Besuch bei *Yilmaz' Dönerglück* beschlossene Sache.

Während die drei sich aus ihren Stühlen erhoben, um sich auf den Weg zu machen, griff Henriette nach dem Arm ihres Neffen und zog ihn kurz zurück.

„Eine Sache ist da aber noch immer offen", sagte sie und sah ihrem Neffen dabei neugierig in die Augen.

„Ach", fragend sah er seine Tante an. „Und die wäre?". Arne war deutlich anzusehen, dass er keine

Ahnung hatte, was seine Tante jetzt noch von ihm wollte.

„Die Antwort auf die Frage, der du gestern Abend so unhöflich ausgewichen bist."

Arne runzelte die Stirn und sein komplettes Gesicht war ein einziges Fragezeichen. Ein Umstand, der Henriette zutiefst amüsierte und sie dazu trieb, Arne ein wenig zappeln zu lassen. Und so schwieg sie länger, als es vermutlich nötig gewesen wäre bevor sie fortfuhr: „Du hast mir nicht gesagt, wieso du gestern Abend so plötzlich im Pfarrhaus aufgetaucht bist."

„Ach so das."

„Ja das. Und? Was hat dich dazu gebracht dort aufzutauchen? Du konntest doch unmöglich wissen, dass Theresia da mit einem Messer vor meiner Nase rumwedelt."

„Ich nicht", flüsterte Arne mit prophetischer Stimme, „Aber falls du es bisher noch nicht wusstest, du hast zwei unglaublich gruselige Katzen ..."

Und zum Schluss …

Möchte ich mich bei allen Leserinnen und Lesern bedanken.
Ich hoffe, es hat euch Spaß gemacht, Henni, Arne und ihre tierischen Helfer bei ihrem zweiten Fall zu begleiten.

Natürlich freue ich mich über Anmerkungen, Rezensionen oder auch einfach nur ein kurzes Feedback bei Amazon, anderen Buch-Shops, Buchforen oder Lesezirkeln. Oder ihr schreibt mir einfach eine Mail. Dafür schon einmal vielen Dank im Voraus.
Nichts ist für einen Autor wertvoller als die Meinungen und Anregungen von Leserinnen und Lesern! Vor allem, wenn er als Selfpublisher arbeitet.
Natürlich könnt ihr das Buch auch einfach nur jedem empfehlen, den ihr kennt.

Schon bald geht es bei Tante Henni mit dem Fall der *Tarotkarten des Todes* weiter
Bis dahin wünsche ich euch allen eine schöne Zeit.

Eure Lara Moon

Lara_Moon@gmx.de